U0062130

異靈

黃易

經典・玄幻系列⑧

書　　名 異 靈

作　　者 黃 易

責任編輯 陳幹持

美術設計 郭志民

出　　版 天地圖書有限公司
香港皇后大道東109-115號
智群商業中心15字樓（總寫字樓）
電話：2528 3671　傳真：2865 2609
香港灣仔莊士敦道30號地庫／1樓（門市部）
電話：2865 0708　傳真：2861 1541

印　　刷 亨泰印刷有限公司
柴灣利眾街德景工業大廈10字樓
電話：2896 3687　傳真：2558 1902

發　　行 香港聯合書刊物流有限公司
香港新界大埔汀麗路36號中華商務印刷大廈3字樓
電話：2150 2100　傳真：2407 3062

出版日期 2018年10月／初版

「黃易出版社有限公司」授權出版

ISBN：978-988-8258-80-2

3

異靈

新德里大賭場位於印度首都新德里的市中心，是座皇宮式的建築物，佔地四千平方米，正門處是個極盡華美的大花園，修剪整齊的植物間，綴以精美的石雕，題材都是印度宗教內的神話人物，風格傳統，古色古香。

一個直徑達六至七米的大噴水池，池中逐漸縮小的圓形台階，向中心層層升起，嘩啦啦地把千百條大小不一的水柱噴上半天高，水柱隨着水壓和燈光的變滅，幻化出不同的花式，在賭場金碧輝煌的燈火襯托下，氣象萬千，有令人望之卻步的懾人氣派。在炎熱的天氣中，清涼的水氣，使人精神一振。

美麗的大花園圍以高牆，把印度貧窮的一面封於牆外。

晚上八時二十分。

花園的大鐵閘打了開來，一輛接一輛的名貴房車，川流不息地駛進花園內，駛上通往賭場正門的通路。

一群身穿紅衣制服、纏着白頭巾的彪形印度大漢，忙碌地疏引着花園內繁忙的交通。

凌渡宇坐在計程車的後座，隨着一輛勞斯萊斯，沿着大噴水池的道路，轉到賭場的正門。車剛停下，車門已給穿着紅衣制服的大漢打了開來，恭敬地歡迎貴客的光臨。

凌渡宇筆挺西裝，氣宇軒昂，確教人不敢怠慢。

前面的勞斯萊斯步下了位穿起印度傳統紗裙的印度美女，眉目如畫，儀態萬千，可惜帶有點艷俗，但那正是她分外引人遐想之處，大概是交際花型的女性。

美女側身回望，對凌渡宇投了輕輕一瞥，低頭淺笑，才步上進入賭場的台階，似乎頗為欣賞凌渡宇懾人的風采。

凌渡宇會心一笑。賭場除了是顯示財富的地方外，還是出賣美麗的最佳場所。

他付了車資，打賞了開車門的賭場小工，緊跟着印度美女步上台階。

那印度美女高挑動人的身材，在步上台階時更形婀娜多姿。

美女確是上帝對男人的恩賜。

她再回眸一笑，施施然走進賭場。

凌渡宇心情大佳，輕鬆地步入賭場大堂內。

和外面漆黑骯髒的街道相比，這是個令人難以相信的世界。

上百盞水晶燈飾，把廣闊的空間照得明如白晝，使人完全聯想不到賭場外的黑夜，想不起夜入而歸的生活方式。

大堂的深棕色雲石地板，一塵不染，利用不同的石質和紋理，佈列出富麗多姿的紋飾，閃亮的石面，反映着照耀其上的光飾，予人一種不真實的奇怪感覺。

凌渡宇暗讚一聲，設計這賭場的人，不愧高手。如幻如真的氣氛，正是方便賭徒們在此顛倒晝夜，醉生夢死。

他注意到大堂內看不到任何時鐘，昏天黑地的賭徒們，誰有興趣去理會那永不中斷的時間。

賭場內衣香鬢影，成千來自不同國家的人士，圍着四五十張供應各式各樣賭博的桌子，縱情豪賭。

穿着傳統印度服飾的女子，穿花彩蝶般，在人群中飛舞，奉上飲品和提供各種服務。

那先他一步進來的印度美女早不知蹤影，凌渡宇收起「色」心，暗自盤算，究竟應該怎樣着手去找他心目中的人。

「先生！」一個謙卑的聲音在他左側響起。

凌渡宇眼光射向左側。

一個十七八歲的印度青年，恭敬地向他躬身作禮。

這青年面目精乖，手腳靈活，非常機敏。

青年甫接觸凌渡宇銳利的眼神，明顯嚇了一跳，一連退了兩步，怯怯道：「先生！你有興趣賭些甚麼？我是最佳的賭博顧問，深明行情，只要你贏錢時一小點的打賞。」英語相當流利。

凌渡宇恍然失笑，原來是在賭場內賺生活的小混混，誤以為他是個大豪客，心想也好，問道：「你有沒有見到一個很高很大的西班牙人。」用手在臉上作了個留滿鬍子的姿態，待要補充時……

青年興奮地搶着叫道：「那一定是『船長』……」跟着壓低聲音，神秘地道：「他刻下是這裏的風頭人物，贏了很多很多錢……」

凌渡宇道：「帶我去見他吧，給你十元美金。」

青年一聽到有賞錢，精神一振，但很快又換個頹喪的表情，搔頭道：「船長在特別貴賓室內，一般人是嚴禁入內的……」

凌渡宇知道賭場都設有特別的賭博房，只招待有身份的大客，一般人是嚴禁入內，而特別貴賓室更被視為聖地，有別於一般的貴賓室，可是他豈會理會這等賭場規矩，道：「可不可以入內，你不用理會，只要你把我帶到貴賓室門前，其他的由我想辦法。」

青年瞥了他一眼，一點也不相信他有何進入貴賓室的奇謀妙計，不過既然有十元美金可賺，還管它則個，怕凌渡宇反悔，急忙領路前行。

兩人穿過大堂。

一邊行，青年一邊誇耀自己的賭博必勝技巧，說得活靈活現。凌渡宇聽到他嘮嘮叨叨，不耐煩打斷他道：「你既然逢賭必勝，自己為何不賭？」

青年聳聳肩胛，作個無可奈何的姿態，道：「他們會把我所有肋骨打斷。唉！就算我靠自己的本事，賺得賞賜，出門時有九成是要落進守門大爺的口袋裏去。」跟着一挺胸膛，神氣地道：「不過我已經是新德里內，這年紀憑真材實料賺錢的人中最富有的了。」一副不想讓凌渡宇看小的神情。

凌渡宇倒喜歡他的坦白。其實他不知道，這青年從來沒有對人坦白的習慣，只不過凌渡宇透視人心的雙目、風神氣度，自有一股使人坦白的力量，不知不覺將心裏的話誠實地說了出來。

兩人離開了擁擠的大堂，經過了一個供人休憩的偏廳，步上一道長廊，來到另一道大門前。

門前有兩名紅上衣白褲子的大漢，見到那青年，用印地語喝道：「阿修！這裏是你來的嗎？」

印度人口超過七億，僅次於中國，種族眾多，而最令中央政府頭痛的，是語言的繁多雜亂，有人說在印度內走過幾哩外的另一條村，已說着不同的方言，是絕不誇大的一回事。

概略來說，印度境內的語言基本可劃分為四大語系：就是印歐、達羅毗荼、漢藏和南亞語系。

官方語言是印地語和英語。

凌渡宇的少年時代在西藏度過，在藏僧的指導下，精通經文用的印度古梵語，屬印地語的古老泉源，兼之又曾隨通曉印地語的藏僧學習，所以毫無困難地聽懂大漢和青年阿修的印地語對答。

阿修向大漢阿諛地道：「爺們！這是難得的大闊客，也是船長的朋友。」

其實他帶凌渡宇來到這裏，已算完成任務，有十元美金落進口袋。但他對凌渡宇很有好感，又知道賭場規矩特別，貴賓室例不接待生客，於是為凌渡宇盡點綿力，吹噓一番。

大漢眼光轉到凌渡宇身上，本要直言拒絕，可是凌渡宇氣勢迫人，一對虎目正盯着他，不由地口氣一軟道：「先生！你兑了籌碼沒有，貴賓廳內的賭注是有最低限額的……」説得客氣，不啻清楚表示先弄清楚凌渡宇的斤両。

凌渡宇微微一笑，從袋中抓出花碌碌一大疊一百元面額的美鈔，毫不在意地遞給阿修，道：「給我去換籌碼！」

阿修習慣性地一把接過大鈔，才突然間醒悟那最少是上萬元鈔票，眼睛瞪大起來，平日精靈的他，這刻反而說不出話來，凌渡宇這樣信任他，不是傻子便是真正的大闊客。

凌渡宇洞悉他的想法，喝道：「還不快去！」阿修這才去了。

大漢們瞪大了眼睛，他們見慣鈔票，還不會為區區萬元美金而吃驚，令他們驚奇的是凌渡宇那毫不在乎的態度。

這時，一名身份明顯高於兩名大漢的四十餘歲印度人走了出來，很有禮貌地道：「先生想進貴賓室嗎？但貴賓室給人包起了，真對不起！」

凌渡宇聽他語氣堅決，耐着性子道：「請問沈翎博士是否在內，我要和他說上幾句話。」

男子「噢」一聲，道：「那真不巧！沈翎博士曾經指示，在他賭博期間，不會接見任何人。」

凌渡宇為之氣結，他今晚要乘凌晨三時半的夜機往紐約，再沒有時間磨在這裏，正自盤算應否到此為止，可是他的組織「抗暴聯盟」最高領袖高山鷹請求他做的事，又不想半途而廢，而且更重要的原因，是他想見見這久未會面的老朋友，他最尊敬的人中的一位。

猶豫間，香風襲來。

一把低沉富於磁力的女子聲音在他身旁響起道：「商同！這位先生是我的朋友，我可以邀請他陪我進貴賓室嗎？」

凌渡宇側頭一看，入目是典型印度女子那種輪廓分明的美麗側面，眼前一亮。

是剛才在門外巧遇的印度美女。

這個角度看去，她更是艷色動人。

女子向他回首一笑，凌渡宇立時想起「回頭一笑百媚生」的形容詩句。

男子神色非常尷尬，怯怯地道：「雲絲蘭小姐的朋友，我們當然樂意招待，不過……大小姐在裏面……」

雲絲蘭臉容一沉道：「海藍娜也在裏面，那就更好了，我們很久沒有碰面，我想她比你更歡迎我。」

凌渡宇心中咋舌，這女子的辭鋒尖銳迫人，倒要看這先前趾高氣揚的男子如何招架。

男子陪上笑臉，躬身作了個歡迎內進的姿勢，道：「雲絲蘭小姐言重了，商同歡迎還來不及，請進請進！」

凌渡宇見商同換上笑容前一刹那，閃過一絲驚懼的神情，暗忖這美女雲絲蘭一定大有來頭，否則商同這類吃賭場飯的老江湖，絕不會有此失措舉動。至於那大小姐，又不知是甚麼顯赫人物了。

雲絲蘭向凌渡宇淺笑搖首，像在嘲笑商同的前倨後恭，她額頭正中處點的硃砂紅得閃閃發光，把她雙眸襯得黑如點墨，分外明亮。

凌渡宇有風度地讓她先行。

雲絲蘭整理一下頭紗，優雅地進入貴賓廳。

凌渡宇待要尾隨入內，阿修的聲音在身後響起道：「先生！籌碼換回來了。」

凌渡宇回頭一看，阿修焦急地舉起抓在手上的籌碼，原來守衛把他攔在門外。

阿修臉上充滿期待的神情，凌渡宇知道這不知天高地厚的少年，也想跟進特別貴賓室內一開眼界，衝着他沒有夾帶私逃這一點，他便要幫他一次，說來也可笑，現在反而是凌渡宇帶他去見識見識了。

凌渡宇向商同微笑道：「這是我的朋友和夥伴，我可以邀請他入內嗎？」

商同望向雲絲蘭，後者故意為難他，抬頭望天，不給他任何指示，商同想了想，橫豎也放了人進去，哪怕多他一個，即管大小姐怪罪下來，也可以全推在雲絲蘭的身上，於是道：「當然可以，請進！」

阿修歡呼一聲，跟着凌渡宇和雲絲蘭身後，一齊步進通往貴賓廳的長廊去。凌渡宇接過他遞來的籌碼，心想要阿修這樣把錢完璧交他，怕說出來也不會有人相信。

商同跟在最後，神色如常，到底是闖江湖的人物。

長廊兩邊掛着兩列二十多幅二呎乘二呎的畫作，色彩濃艷繽紛，工巧精緻。

雲絲蘭見他留心起兩旁的畫作，笑道：「這是我國著名的織畫，面積雖小，卻以內容豐富、畫工精細而馳名國際。」

凌渡宇邊行邊停，欣賞了其中幾幅作品，心中升起一個念頭，就是揀選這批作品的人品味奇高，迥異俗流，想不到賭場之內，亦有此等人物。

商同在後面道：「到了！」

凌渡宇把心神從動人的織畫處收回來，步入貴賓廳。

若說外面大堂是個喧鬧的市集，這處倒像個僻靜的禪室。

偌大的空間內，不聞半點嘈吵的聲音。

大廳中圍着大賭桌或坐或站的十多個男女，似乎都不想打破凝然有致的寧靜，屏息靜氣地盯着賭桌上的賭局，沒有人留意到有人進來。

一股無形的壓力，使剛進來的凌渡宇等人，感受到那緊張的氣氛。

凌渡宇眾人迫不及待地走近賭桌。

圍着賭桌觀戰的男女掃視他們一眼，目光又轉往賭桌上，彷彿賭桌有專攝取目光的磁力。

只有正在對賭的一對男女，完全沒有理會他們的加入。

他們專注的目光交纏在一起，有若刀劍在虛空中交擊。

他們要看進對方靈魂的深處，以決定下一步的行動。

「噢！」阿修忍不住驚嘆起來。

凌渡宇很理解阿修的感受，因為他也為桌上的牌局感到動魄驚心。

賭的是「話事啤」。

桌心堆着如山高的籌碼，這賭場的注碼以美金為單位，此時的注碼已有近百萬了。

男子面前四隻牌，翻出來的是三條A；女的四隻牌，翻出來的是三條K。

照牌面來說，男子穩勝女的無疑。

問題是還未翻過來的底牌。

假設男的底牌也是A，那無論女的得到甚麼牌，亦是必敗無疑，這個牌勢最大的當然是四條A，其次是四條K。

賭局到了生死立判的關頭。

凌渡宇不由關心起來，因為那男子正是他這次專程來找的沈翎博士，而沈博士袋中的錢裏，有五百萬美金，來自他的組織抗暴聯盟，他這趟正是奉高山鷹之命來看看公款的「近況」。

沈翎博士是組織內最高層八個以「鷹」為代號的人物之一，國際上，則是著名的探險家和旅行家。

沈翎的代號是「原野鷹」。

凌渡宇代號「龍鷹」。

同是組織內最傑出的人物。

一頭濃黑的金髮，不長不短，中分而整齊。高挺的鼻樑下，長滿了金黃的鬍髯，幾乎連棱角分明、予人堅毅卓絕感覺的嘴唇也埋沒在內。他整個人骨骼極大，即管坐在那裏，也有若一座推不動的崇山，氣勢迫人。

最使人印象深刻是他炯炯有神的雙目，射出令人心悸的冷靜寒芒。

這時沈翎懾人的眼神，凝望着與他在賭桌另一端互爭雄長的印度女子。

女子的神采，一點不遜色於雲絲蘭。

若要凌渡宇去形容這女子，那麼凌渡宇只能用「冰肌玉骨」這四個字。

女子一身白紗，額前點了硃砂，清麗可人，年紀約在二十七、八之間，有股高貴端麗的氣質，使人很難把她和賭博聯想在一塊兒。

圍觀者恭敬的眼光，又使人知道她一定是極有身份和地位。

她甚至比沈翎更沉着和冷靜。

清澈的眼神，一絲不亂地回敬沈翎鋭利的眼神，沒有半點的怯色，一派賭國高手的風範，凌渡宇也不禁佩服起來。

他心中閃過一個念頭：這秀美的女子，一定是商同口中的大小姐，雲絲蘭口中的海藍娜了，好一個美麗的名字。

海藍娜打破了令人喘不過氣來的沉默，淡淡一笑，以清甜的聲音道：「跟進你的十萬元。」妙目一掃沈翎面前堆積如山的籌碼，漫不經意地道：「並『大』你手上所有的籌碼。」

圍觀者一陣騷動，為這豪賭震駭。

沈翎手上的籌碼，以美金計最少有六十餘萬，加上先前所下的注碼，桌上的總注碼達到二百多萬美金了。

沈翎眼中閃跳着亮光，忽地長笑起來，在寂靜空曠的大廳內，分外刺耳。

沈翎豪雄的笑聲驀然停下，把頭頸仰伸至極盡，又回復平視，緊盯着海藍娜，沉聲道：「痛快！痛快！」

緩緩轉過頭來，望向他左手側的凌渡宇，平靜地道：「龍鷹！假若是你，會怎樣做？」

這一着奇峰突出，眾人的眼光不由集中在凌渡宇身上，海藍娜的眼光跟蹤到他處，首次發現這非凡人物的存在。

凌渡宇從容自若，微笑道：「你可以改變命運嗎？當然是捨命陪淑女了。」

沈翎啞然失笑，搖首嘆道：「凌渡宇不愧是凌渡宇！」轉向海藍娜道：「他的說話就是我的說話，我跟了！」

眾人一齊嘩然，忽又完全靜默，等待最後的一手牌。

一個五十多歲的印度男子負責發牌，他熟練地從發牌機抽出兩隻牌，分發往對峙得難解難分的這對男女面前。

當他派牌時，有心者都留意到他的手有輕微的抖震，顯示他的緊張情緒。

沈翎隨手把牌翻過來，是隻梅花二。

海藍娜伸出纖長均勻的玉手，指甲在牌底輕輕一挑，啤牌翻上了半空，打了幾個滾，平跌桌上，剛好是面朝天。

眾人一齊驚嘆。

那是隻葵扇K。

海藍娜翻出來的牌是四條K。

除非沈翎的底牌是A，否則已陷於必敗之局。

大家都把注意力集中到沈翎的臉上。

沈翎臉容平靜如昔，緩緩站起身來。

他身形很高，骨骼粗大，肌肉勻稱，充溢着體育家的健美感。

眾人疑惑地望着他。

究竟他的底牌是甚麼？

沈翎出人意表地大笑起來，排開眾人，來到凌渡宇身側，一把摟着他肩頭，向大門走去，邊走邊笑道：「痛快！痛快！」

眾人這時才知道他輸了這二百多萬的豪賭。

他始終沒有翻開那覆轉的底牌示眾。

凌渡宇來不及和雲絲蘭打個招呼，給沈翎半推半擁，帶出特別貴賓室外。

兩人循原路行走，穿過賭場熱鬧的大堂，一路上都有人向沈翎打招呼，可是沈翎卻沉浸在深思裏，視而不見，聽而不聞。

凌渡宇笑道：「不服氣嗎？老沈！」

沈翎盯他一眼，話不對題地道：「那妞兒是不是真的精彩極點。」

凌渡宇想不到他爆了這句話出來，愕了一愕，點頭道：「確是精彩絕倫！」

沈翎得到凌渡宇的贊同，立即高興起來，腳步也輕鬆了不少，一直走出賭場的大門。

面對着華麗的大噴泉，千百條在燈光下閃爍起落的水柱，儘管賭場外暑熱迫人，仍是令他們精神一爽。

急迫的腳步聲從身後傳來。

兩人回頭一看，原來是那印度青年阿修。

阿修上氣不接下氣地趕上來，走到他們面前三呎許，停了下來，忽地瞠目結舌，看來自己也不知跟上來幹甚麼。

凌渡宇掏出十張一百元面額的美金大鈔，道：「噢！對不起！這是你的酬勞。」

阿修刷地漲紅了臉，堅決搖頭道：「不！我不要你的錢，你們兩人都是真的英雄好漢……」跟着忸怩低頭道：「我要和你們交朋友。」

兩人同時一呆，料不到這小鬼心中轉的是這念頭。

凌渡宇憐惜地道：「我們早是朋友。」把鈔票捲起，插進他的上衣袋，道：「就當是機票錢，讓你他日來探訪我。」

阿修猶豫片晌，終於點頭道：「好！我一定會賺足夠的旅費，然後去找你，不過，你屆時一定要像朋友那樣招待我呵！」

凌渡宇笑了起來，取出一張咭片，道：「好！君子一言。只要你撥得上這個電話號碼，再留下聯絡你的方法，我便可以找上你。」

阿修興奮得跳了起來，珍而重之地收起名片，轉過來向沈翎道：「船長！你是我最佩服的賭徒，在我心目中，你永遠也沒有賭敗，我只想問你一個問題。」

沈翎笑道：「說出來吧！小朋友。」

凌渡宇插口道：「為甚麼要叫他作船長？」

沈翎道：「不要打斷他的問題！」他似乎不想讓淩渡宇知道阿修喚他作船長的原因。

阿修正容道：「我懇求你，告訴我那未翻過來的底牌是甚麼？」

沈翎眼中射出冰冷的寒芒，沉聲道：「你看過了沒有？」

阿修道：「我沒有看過，只有大小姐看過，她看完面色變得很奇怪。」

淩渡宇怦然。想起大小姐海藍娜的清冷自若，能令她神色變動，那隻底牌當然是另有文章。

沈翎悶哼一聲，道：「夜了！我們該走了。」

轉身自行往停在台階下的計程車走去。

淩渡宇熟知沈翎的性格，不想説就是不想説，沒有人可以改變他的主意。

來到計程車前，沈翎停下轉身，道：「這次來找我，是不是為了組織給我的五百萬美元？」

凌渡宇仔細端詳了他一會，點頭道：「那也不是甚麼大不了的事，我可以給你填出來，我向高山鷹說過，你這樣做，一定有你的理由，不過我的確借着這個藉口，來和你打個招呼，三個小時後我要到達機場，乘搭往紐約的客機。」看看腕錶，笑道：「我們還有時間喝杯咖啡，慶祝你豪賭敗北。」

沈翎笑罵一聲，道：「給我填五百萬？你真是我的救星。」

凌渡宇正容道：「你的古文物買賣，曾為組織賺了上億美元，你的手頭一向非常鬆動，為何竟會弄到用公款去賭博？」

沈翎道：「不要問。」

凌渡宇道：「怎能不問？萬水千山，由南美繞上這麼一個大圈，來到印度，就是要問你這句話。那天高山鷹對我說，六個月前他把五百萬美金轉到你的戶口，再由你提取現金，帶往柬埔寨交予一個秘密的地下組織，但那地下組織一直沒收到半分錢，而你又失去了蹤影，直到最近才知道你來了這裏，高山鷹深悉你我的交情，才把這燙手的熱煎堆拋了給我，在公在私，你也應該有個交代。」

沈翎沉默了片晌，抬起頭來，眼中射出深厚的感情，道：「小淩！真的不要問。我還要求你一件事。」

淩渡宇驚訝得叫了起來，道：「甚麼！世界首席硬漢，踏遍全世界最險惡凶地的沈翎博士，居然會求人，我真是榮幸極了！」

沈翎氣得罵了一輪各類語文中最精警的粗話，始肅容道：「我的要求有一個條件。」

淩渡宇見他的請求居然尚有條件，有好氣沒好氣地道：「洗耳恭聽。」

沈翎不理淩渡宇的反應，道：「很簡單，就是不要問理由。」

淩渡宇嘆道：「說吧！上帝既安排了我是你的老朋友，還可以選擇嗎？」

沈翎道：「不是上帝，而是命運。命運之神將每條頭髮都編了號碼，多條少條也是祂的決定。嘿！所以祂把你送來給我，解決我現在的難題。」

凌渡宇道：「說吧！」

沈翎直截了當地道：「我還要八千萬美元。」跟着舉手作了個制止凌渡宇追問的手勢，道：「嘿！記着！不要問原因。」

凌渡宇眼中射出閃閃神光，凝視對方。

沈翎坦然回望，沒有絲毫慚愧的模樣。

凌渡宇恍然道：「我明白了，你到賭場去，就是想贏取這筆錢。」

沈翎不置可否，只道：「怎樣？」

凌渡宇想起巴極的戶口（見拙作《湖祭》），這應是九牛一毛的小事，無奈地嘆了一口氣，道：「好吧！」

沈翎笑了起來，一拍凌渡宇的膊頭，轉身坐進等候已久的計程車後座，凌渡宇跟進。

計程車開出。

司機是個瘦小的印度老頭，問道：「兩位老細要到哪裏去？」

凌渡宇道：「你倒很有耐性，等候了這麼久。」

司機謙卑地道：「老細多給點賞錢吧。」

沈翎道：「往機場去吧！」側頭向凌渡宇道：「那處的咖啡挺不錯的。」

凌渡宇點頭叫好，話鋒一轉道：「那妮子是瑜伽高手。」

沈翎露出有興趣的神情，道：「憑何而說？」

凌渡宇道：「她和你對局時，呼吸細長而慢，這種藉呼吸而達到頭腦清靜平衡，是瑜伽最基本的修養功夫，而且她的容顏清麗得不食人間煙火，所謂有諸內形於外，她一定是長期素食修行的瑜伽高手。」

沈翎想了一會，道：「是的！她很特別。」沉思起來。

凌渡宇好奇問道：「她究竟是甚麼身份，為甚麼賭場的人稱她為大小姐？」

沈翎道：「她是印度一個很傳奇的人物，父親是印度的超級大亨，擁有幾間最大的賭場，現在都交由她打理，外間的人認為她一定不善經營這品流複雜的行業，豈知她大事革新下，賭務反而蒸蒸日上，大出眾人意料之外。我這幾天來一直贏錢，由十萬元的賭本累積至三百多萬，她才現身和我豪賭，結果你也知道了。」

凌渡宇嚷道：「對不起，我不知道。」他何等精明，想起那未翻過來的底牌，知道其中另有蹊蹺，故意話中有話，刺沈翎一下。

沈翎聳聳肩胛，忽然向司機喝道：「停下！這是甚麼地方？」

司機冷笑一聲。

「蓬！」一道鋼板在前後座間彈起，跟着「蓬！蓬」數聲，左右兩側和座位後同時彈起三塊同類的鋼板。

凌渡宇一拳打上車頂，發出沉沉的響音。凌渡宇悶哼一聲，假若是普通的車頂，他可以用鐳射切割器，破頂而出，但一觸之下，車蓋也是重合金造的，令他無計可施。

一時間，兩人被困在密封的囚籠裏。

冷氣從後面鋼板兩個小圓洞噴進來，倒沒有氣悶的感覺。

剎那間，兩人跌進巧妙安排的陷阱。

車子向前衝刺，轉以高速行駛。

兩人給後座力一帶，背脊碰在椅背，跟着向左方側去，顯示汽車急速向右轉，產生向左跌的離心力。有若被大浪推拉的一葉小舟上的乘客。

凌渡宇叫道：「誰幹的！」

沈翎在印度耽了好一段日子，凌渡宇初來乍到，有麻煩，自然是沈翎惹來的機會大得多。

凌渡宇身子一邊向右方側去，平衡車子向左轉的拋力，手卻毫不閒着，掏出四支催淚爆霧器，自己取起兩支，另兩支塞在沈翎手裏，準備用得着的機會出現。

沈翎接過爆霧器，回應道：「告訴你也不信，我不知這是誰幹的？」

凌渡宇詛咒連聲，道：「信你是混蛋！」

的確是的，沈翎行動神秘，甚麼事也不准他查根問底，到了這個時刻，仍不肯坦言一切，教他怎能不怒。

車子驀然停下。

兩人對望一眼。

從對方眼中看出，兩人均猜不到敵人的下一步行動。

兩旁的鋼板徐徐落下，露出車旁的側門和側窗。

兩人幾乎一齊跳起上來。

即管這是荒山野嶺，又或墳場海灘，都不會使他們感到驚奇。

可是這卻是一個室內的龐大空間，一個像皇宮的華麗大堂。

在輝煌的燈光下，十多個持着自動武器的大漢，團團把計程車圍個密不通風。只要他們一按槍掣，保證整輛車沒有一寸地方可以免去彈孔的痕跡。

一個男子的聲音在車座內響起，以英語道：「貴客光臨，沈博士和這位朋友，不用我喚侍從替你們開車門吧？」

沈翎笑答：「當然，當然！」

他口中說話，手卻作出行動的姿勢。

同一時間，兩扇車門同時左右向外打開一條縫，四支催淚爆霧彈連珠發放，分由小縫向左右扔去。

兩人的合作簡直天衣無縫。

四支爆霧彈同時爆發，剎那間四面八方盡是黑霧和催淚氣體。

當黑霧要倒捲入車廂內時，兩人及時把門關上，一齊縮往車底，減少敵人射擊目標的面積。

期待着敵人的混亂和咳嗽聲。

手槍緊握手裏。

剎那後，兩人震駭莫名。

車外一點動靜也沒有。

黑霧內一下咳嗽聲亦付闕如。

這怎麼可能？

爆霧彈威力強大，這一陣子，催淚黑霧應擴展至大廳內的每一個角落，塞滿每一寸的空間。

催淚氣體，會令在黑霧中不能視物的人，產生強烈的反應，刺激他們的氣管，甚至使人休克和暈眩。

可是車外平靜無波。

更駭人的事發生了。

黑霧向上升起，飛快消散。

活似有無形的吸管，把所有氣體一下子抽離了這個空間。

先前的景象：華麗皇宮般的大堂，持槍印度大漢，依然故我。

那聲音又通過傳聲器響起，平靜地道：「兩位貴賓，真是對不起，忘了向你們介紹，刻下你們的座駕，被罩在一個半圓形的巨大防彈玻璃罩內，這罩子妙用無窮，其中一項就是能把空氣抽離，變成半真空的狀態，當然也能輸進任何氣體，是我特別為貴客想出來的設計，兩位以為如何？請多指教。」他的話謙恭有禮，內容卻充滿威嚇的味道。試想假若活人在罩內，給抽成真空，那種血管爆裂的死亡，確是不忍卒睹。

淩渡宇用神一看，車外確有一若現若隱的玻璃層，剛才急於行事，又是意料之外，居然看漏了眼。

他們也算倒霉，步步失策，處於完全被動的劣勢。

淩渡宇向沈翎笑道：「你是好事多為，這樣處心積慮，挖盡害人心思的好朋友，也給你招惹回來。」

沈翎舒服地挨坐在座位內，嘆道：「兄弟！我早曾向你指出，人生是無奈和悔恨交織而成的，否則也不算人生……」

男子的聲音插口道：「說得好！說得好！沈大博士既能對人生有如此深切的體會，我們談起上來，就更易談得攏了。」

凌渡宇皺起眉頭！這男子語有所指，像要進行某一項事物的談判。

沈翎這時答道：「少說廢話了，有甚麼儘管說出來吧！」他的樣子有點不耐煩，一副全不知對方要說甚麼的神態。

一陣印度「悉他」（SITA）音樂響起，清脆的每個響音，都像欲語還休、纏綿難斷，予人濃得化不開的感受。

音樂諷刺地從計程車內的傳聲器傳出，使人感到忸怩而不自然。

大廳輝煌的燈光暗黑下來，直至伸手不見五指。

漆黑裏亮起熊熊的火燄。

四名身穿印度華服的美女，捧着四個各燃燒着十二枝洋燭的大燭台，由遠方緩緩走近。

她們身後跟着另一美女，捧着一個香爐，煙霧裊裊而起，在大廳的上空升出一團輕柔的煙霞。

她們之後是一隊五男一女組成的樂隊，持着悉他、長笛、鼓，邊行邊奏，傳聲器的音樂，從他們而來。

可惜隔了玻璃罩，聞不到外邊騰升的香氣。

儀仗隊走至玻璃罩前，分兩邊站立。

音樂停下。

一名全身銀光閃閃的男子，龍行虎步地現身走來。

他一直走到玻璃罩前，臉上帶着從容的笑意，向兩人躬身見禮。

他年紀約在四十上下，面目非常英俊，身形修長，頭巾正中，嵌了粒最少有十卡的金剛火鑽，在燭光下閃跳生光，配着他身上的印度華服，配合着儀仗隊的聲勢和排場，確有尊貴迫人的氣勢。

沈翎面色微變。

凌渡宇深悉沈翎的為人行事，有泰山崩於前而色不變的冷靜，知道來者大有來頭，偏是冷冷哂道：「好！戲看完了，有屁快放！」

那人毫不動怒，微笑道：「不愧是沈翎的朋友，有膽識。」他的聲音在車內的傳聲器響起，正是剛才的聲音。傳聲器成為對答的橋樑。

這種方式的會面，亦屬別具一格了。

那人續道：「沈博士！只不知你的朋友能否代表你說話？」

沈翎冷笑一聲，道：「當然可以！王子！」言罷推門下車。

凌渡宇心中一震，他知道這人是誰了。

印度可說是世界上階級尊卑區分最嚴格的國家。

古印度有四個種姓。

印度雖是宗教繁多，卻以印度教為主。印度教奉為聖書的《摩奴法典》，把四個等級的種姓起源，歸於梵天（造物者）身體的四個部份，即婆羅門是「梵天」的嘴，刹帝利是雙臂，吠舍為大腿，首陀羅生於兩腳，是故各有地位尊卑，無論生後有何作為，都不能變更這天生的身份。

隨着社會分工日益精細，原來由婆羅門以下至首陀羅的四個等級，復被細分為許多等級的亞種姓，日趨複雜。

種姓之外，又出現了大批「不可接觸者」，乃最受歧視的賤民，幹最低下的工作，不能同其他種姓的人接觸，不許進入寺廟或公共場所半步。

印度獨立後，訂立法律禁止種姓歧視，但在農村裏，種姓制度仍然被保存下來，對賤民的迫害無日無之，以致在一九七八年，印度北部的廣大「賤民」，舉行大規模的示威，種姓制度的倡行者才稍為收斂。

可是種姓制度早滲透到社會生活各方面，蒂固根深。

而王子正是支持種姓制度的最代表性人物。

他自稱是十四世紀時印度教徒統治的維查耶那加爾王國（一三三六—一六四六）的後代，以種姓最高階層婆羅門自居，認為整個印度文明的衰落，原因在於種姓制度的崩潰，違反了梵天的旨意，所以力圖恢復這「神聖的制度」，復興印度。

他積極從事政治活動，希冀在獲得足夠的政治力量時，重建昔日種姓社會的「光輝」。通過賄賂、威淩、暗殺種種卑鄙手段，王子在政壇逐漸冒升，想維護特權的社會上層都起而支持他，以致王子的影響力日益坐大，幸好一九七八年的大示威，民主力量抬頭，王子從政壇上垮了下來。可是他並沒有放棄他的瘋狂念頭，憑着龐大的支持力量，王子開始從事印度境內各類的罪惡活動，成為印度黑社會最有實力的大亨，連政府也不願輕易惹他。

他的野心極大，想憑恃他罪惡的力量，捲土重來，重建昔日印度教大帝國的光輝。

凌渡宇所屬組織抗暴聯盟，曾列下了一張世界各地危險人物的黑名單，王子排名十九，由此可見此人的可怕。

凌渡宇悶哼一聲，推門下車，仔細打量起對方來。

王子的眼光極之銳利，凌渡宇的神態立時引起他的注意，向沈翎道：「無論你的朋友能否參與你我間的談判，亦請你先介紹他的名字和身份。」

沈翎斷然道：「不用多此一舉，一切事和他沒有半點關係，兩小時後他飛往紐約，你最好不要延誤他的班期。」

王子道：「只要告訴我飛機的公司和編號，我可以保證飛機在機場恭候貴友的大駕。」

凌渡宇笑道：「很對不起，現在我決定不走了。」

沈翎霍然望向凌渡宇。

凌渡宇回望對方，眼中射出堅決的神情，沈翎無疑陷在極大的危險裏，教他怎能離去，心中嘆道：「楚媛！對不起，我要失約了。」

沈翎沉聲道：「凌！你一定要走！」

凌渡宇聳起肩胛，道：「既然每條頭髮都被編了號，走與不走，能改變得了甚麼？」這是以子之矛，攻子之盾，沈翎為之氣結。

凌渡宇轉向面帶微笑的王子道：「殿下！可以轉入正題了嗎？」當他說殿下時，語帶呼喝，只有諷刺的意味，毫無尊重的意思。

王子閃過一絲怒色，他自比為梵天的使者，認為自己天生高於眾生，最忌別人的不尊重，不過隨即泛起笑容，道：「好！好！」

沈翎知道他對凌渡宇動了真怒，目下只是強壓怒火，可是這等事避也避不來，插入道：「說吧！」

王子沉默片晌，道：「無論你掘了甚麼出來，我也要佔四分之三。」

沈翎呆了一呆，道：「你說甚麼？我一點也不明白。」

凌渡宇更是丈八金剛，摸不着頭腦。

王子眼中爆出凌厲的光寒，罩定沈翎，忽地仰天狂笑起來，好一會才停下，眼中寒芒有增無減，陰陰地道：「你可以瞞過別人，又怎能瞞得過我，在我的土地上，沒有任何事可以瞞過我，我是梵天派來的使者，天注定我來重建帝國的光輝。」語氣中充滿瘋狂的味道。

四周的持槍大漢一齊以印地語狂叫起來，道：「重建帝國，還我光榮！」

沈、淩交換眼色，這是個可怕的狂人和瘋狂的組織。

大廳內一時間靜至針墮可聞。

王子負手背後，踱起步來，道：「你可否解釋給我聽，你和白理士石油開採公司是甚麼關係？」

沈翎淡然道：「我是他們的顧問。」

「顧問？」王子不屑地道：「白理士石油開採公司，三年前才在英國註冊，而註冊的人，就是你：大名鼎鼎的探險家、收藏家沈翎博士。」

沈翎若無其事地道：「那又怎樣？」

王子輕笑起來，道：「並沒有怎樣，不過你可否解釋給我聽，為何貴公司註冊以來，一滴油也沒有在別的地方開採過，而千里迢迢，來到這地方，你看上了印度甚麼？石油？那真是荒天下之大謬。印度的石油無論品質和儲量，都遠比不上其他的產油國。印度的總儲油量，估計在四億六千噸之間，而產油國如沙烏地阿拉伯，是二百三十一億噸，那是小巫大巫之別，要採油，為甚麼來到印度？」

沈翎以微笑回報，道：「那些產油國的開採權，早給了其他的大公司，哪輪得到我！」

王子笑道：「說的也是，不過敝國的石油，絕大部份分佈在西部馬哈拉施特邦的近海區域和東部的阿薩姆邦，為何你向敝國租借來開採石油的地方，卻是我國北部聖河和聖城間的一塊一滴石油也沒有的荒地？而且不可不知，那是一個地震區。」

這時連淩渡宇也奇怪起來，王子所說的聖河，指的是恆河，被印度人奉之為女神、母親。印度教徒甚至稱恆河為「恆媽」，在印度有至尊崇的地位。

聖城指的是印度教徒朝拜的中心地：瓦拉納西，位於恆河的西北岸。相傳是婆羅門教和印度教的主神濕婆神在六千年前建立的，好比伊斯蘭教的麥加、基督教的耶路撒冷。

沈翎面色不變地答道：「這是敝公司的商業秘密，不過，貴國已批准了我開採的申請，這或可以說明我提供的資料，是有一定的說服力，否則如何獲得開採權。」

王子微一錯愕，又大笑起來，笑聲極盡嘲諷的能事，好一會才強止笑聲，道：「唉！堂堂的大博士，居然天真若斯，以為你那區區數十萬美元，可打通政府上下所有關節，告訴你，若非我在背後大力促成此事，你再費多一百萬元，亦只是石沉大海，那時拖得你十年八年，看你能怎樣。」

凌渡宇心下對王子重新估計起來，王子的影響力，固然不可輕視，但他更可怕的地方，是在背後暗暗出手，直至沈翎不能收手，才出面來談判，那種陰險深沉，才是怕人。直到這一刻，他還不知沈翎的葫蘆裏賣些甚麼藥。看來王子也不知道。

沈翎躬身施禮，道：「那就真是要多謝閣下的鼎力支持了。」

王子面色一沉，道：「半年前，你從世界各地訂了一批鑽探的器材，全部是最先進的第一流設備。例如鑽探用的『聚晶鑽頭』，比一般的碳化鎢鑽頭速度至少快了六倍。只是這筆投資，便是天文數字，難道只是為了在地上弄個深井便了事？」

沈翎嘆道：「好！果然名不虛傳。」

王子傲然道：「為何你不說要採煤、鐵等等，那應是更有說服力的，於是我想到：你要採的是地下某處深埋的事物，只有石油的開採法最適合。但那是甚麼？」

沈翎道：「那是一個寶藏！」

王子精神一振，道：「誰的寶藏？」

沈翎沉聲道：「為甚麼我要告訴你。」

王子暴跳起來，豹子般彈前，兩手撲上玻璃罩上，他戴在手指上的三隻大鑽石戒指，和穿在腕上的碧玉手鈪，撞上玻璃罩面，發出連串清脆的響聲，像隻籠中的猛獸，向觀看牠的人張牙舞爪。

王子獰笑一聲，狠狠道：「沒有我的同意，休想從印度撿走一塊石頭，你會發覺沒有人來和你工作，所有器材都會無故被毀，甚至你們的身體，也沒有一寸地方是完整的。」他的神色忽轉溫和，微笑後退，躬身道：「你說！我有否資格聽你道出原委？」

凌渡宇面含冷笑，亦是心下暗驚，以王子在印度的勢力，沈翎的開採大業確是寸步難行。即管和他合作，此人暴虐兇殘、喜怒無常，如伴虎眠，想想也教人頭痛。

對於王子的威脅，沈翎毫不動怒，上上下下打量了王子好一會，好整以暇地道：「看來你的資格也可勉強湊合。」

王子道：「如此我洗耳恭聽了。」

沈翎道：「說之前，讓我們先談妥條件。」頓了一頓，才加重語氣道：「無論有甚麼收穫，是一人一半，你並須以你的神來立誓，保證你不從中弄鬼，否則一切拉倒，就當所有的事均是白做。」

王子目光灼灼，深深的緊盯着沈翎，後者面帶微笑，毫不畏怯地回望，甚至帶點挑戰的味兒。

一時玻璃罩內外，靜至極點。

王子打破僵局，道：「好！我答應你，你們不要弄鬼，否則莫怪我反面無情。」說罷緩緩轉向北方，立下了誓言。

沈翎正容道：「在公元前一百五十年，大一統的孔雀王朝滅亡，整個印度次大陸陷進前所未有的混亂裏……」他臉上現出回憶的神情，好像曾親身經歷過這一切，事實上當然不是，卻顯示了他對印度歷史的認識和深厚的感情。這是一個偉大的探險家成功的基本情懷和條件。

沈翎眼望向上，如夢如幻，續道：「南印度，分裂為潘地亞、哲羅、朱羅三個勢均力敵、鼎足而立的王國。北印度，是著名的笈多王朝，雖乃偏安之局，經濟和文化卻是空前繁榮。可是，月氏人、貴霜人等外族相繼入侵，到了王朝後期，匈奴人成為了最大威脅，國家滅亡在即……」

王子眼中射出瘋狂嚮往的火燄，無論他是怎樣卑鄙可惡，對印度文明的熱愛，是無可置疑的。

沈翎續道：「當時的君主，對國家文化的狂熱，超出了對生命財富的留戀，他不想珍貴的文物被戰火無情地摧毀，於是建造了龐大的地下庫房，把最寶貴的文物密藏其中，希望後人重新發掘。」

王子道：「你怎能知道？」

沈翎肅容道：「不要問，我曾立下血誓，不可以將這秘密的來源洩露開來。」

王子眼睛光芒閃爍，好一會才平復下來，道：「好！繼續説罷。」

他想到沈翎若非確實得到消息，怎會投下天文數字的資金，進行這龐大的開採計劃，而更重要的是：他只是坐享其成，哪管有沒有寶藏，他亦是一無所失。

沈翎道：「笈多王朝滅亡後，匈奴人入統北印，這秘密埋藏在佛教的僧侶中，直至戒日王朝的興起，可是，北印度發生了一次空前的大地震，戒日王雖知道這秘密，再沒有方法掌握寶藏的正確位置，經過無數次發掘失敗後，終於放棄……」

淩渡宇暗忖：這樣的開採，確非當時的技術可以支持，想當時的人一定是心灰意冷下，無可奈何才會放棄。

沈翎道：「我知道的，就是這麼多，如果你不反對，我們要離開了，還有很多迫切的事等待着我。」

王子沉吟了一會，點頭道：「好吧！不過請你緊記，閣下一舉一動，均在嚴密監視下，假若發覺你瞞騙了我任何一件事，莫怪我毀去諾言。」

言罷大步轉身離去。

他和儀仗隊隱沒在廳門後。

罩外的人以手勢示意兩人回到車內。

鋼板彈起，車廂再次變成密封的世界。

計程車徐徐開出，速度逐漸增加。

兩人沉默不語，不欲敵人聽到他們的說話。

車行兩個小時後，停了下來。

鋼板降下。

兩人分左右推門外出。

車子立即開出，像是怕他們找他算賬。

立身處是座兩層的紅磚房子，被高牆團團圍繞，牆屋間是個小花園，相當別致。

沈翎道：「進來吧！」用鎖匙開了鐵閘大門，當先進內。

凌渡宇知道這是沈翎在此的臨時住所，嘆一口氣後，跟了進去，這場飛來之禍，眼看是逃不了，原定與女友卓楚媛共度一段愉快時光的大計，難道又要胎死腹中？

屋內的凌亂，把凌渡宇嚇了一跳。

文件、書信、書籍、髒衣，四處亂放亂擲，活像垃圾收集站。

沈翎取出電子儀器，四處檢視起來。

足有大半小時，沈翎舒了一口氣，向坐在沙發上的凌渡宇道：「可以說話了！」

凌渡宇知道沒有偷聽器，又嘆了一口氣，道：「想不到你這冷面人，說起故事來居然表情豐富，感情投入。」

沈翎哂道：「不是這樣，怎能取信於人，相信這個荒謬『故事』。」

凌渡宇跳了起來，失聲道：「甚麼？」

沈翎淡淡道：「難道你要我向那天殺的兇徒從實招來嗎？」

凌渡宇一把抓着沈翎寬闊的肩頭，沉聲道：「你究竟要掘些甚麼？」

沈翎笑道：「當然是石油！」當他看到凌渡宇眼中充滿怒火時，連忙軟化下來，嘆道：「小凌！不是我想瞞你，而是事情最凶險的地方，就是我對要發掘的物事，真真正正地一無所知，所以不希望你蹚這灘渾水，聽我說，或者算是懇求你，立即飛往紐約，這處由老哥我親自主理，你不會懷疑大探險家沈翎自保的能力吧？」

凌渡宇頗為意動，沈翎和他一樣，是非比尋常的人物，足可應付任何凶險，況且眼下並沒有迫切的危險，那「事物」一日未被掘起，一日未到攤牌的時刻，他現下走了，異日可以再來，他確是想去見女友卓楚媛，和她分開有一段很長的日子了。

凌渡宇待要答應，一種奇怪的感覺湧上心靈。

那是被監視的感覺。

這是凌渡宇的特異能力，每逢被人窺視，他的心靈都能生出感應。

凌渡宇條件反射般望向左方的窗戶。

沈翎和他合作多年，早有默契，幾乎是凌渡宇轉頭的同一時間，像隻久待伏擊的猛虎，運動家的身體，矯健有力地反身撲往窗戶，人還在半空時，手槍握在手裏。

凌渡宇欲由前門包抄，後方轉來奇怪的聲響，來自廚房的方向。

凌渡宇悶哼一聲，彈起身來，旋風般往廚房撲去。

假設對方是王子派來的人，把剛才的話傳到王子耳裏，那他們在印度度過的每一天，都會變成亡命竄逃的時光。

凌渡宇疾如飛矢，剎那間撲進廚房裏。

廚房空無一人，向屋後的大窗打了開來，封着窗門的防盜鐵枝，給割斷了三條，恰好容一人通過。

凌渡宇毫不停滯，飛身穿窗而出，一個觔斗，美妙地站在屋後花園的泥地上，眼光一掃下，恰好見到一團黑影，跨越高牆，消失在牆的另一面。

凌渡宇一聲不響，緊躡而去，一個弓彈跳躍，藉手攀之力，翻到牆的另一邊。

那是一條長長的窄巷，兩邊均沒在無盡的黑暗裏。

換了是一般的人，一定會生起歧路亡羊之嘆，可是凌渡宇擁有超乎常人的靈覺，強烈地感到敵人往左邊去了。

凌渡宇迅如鬼魅般往左方追去，剛走出窄巷，剛好捕捉到那團黑影，在微弱的路燈照射下，向巷外長街的右方疾奔。

凌渡宇如何肯放過，全力狂追。

他的腳步迅捷有力，瞬眼間拉近了兩人的距離。

黑影驚覺回頭。

凌渡宇迫近至十碼之內。

那人非常機警，一看凌渡宇的來勢，自知無法逃遁，索性轉過身來，手上拿着黑黝黝的手槍。

凌渡宇迫近至四碼之內。

那人提起手槍，待要發射。

凌渡宇滾倒地上，以肉眼難以分辨其動作的速度，搶到那人腳下。

那人正要發射，凌渡宇猛拉他的雙腳，立時使他站立不穩，變成滾地葫蘆。

一聲嬌叱和凌渡宇的呼聲同時響起。

跟着是奇怪的沉默。

凌渡宇緊緊壓着對方，眼睛離開她冰雪般幼滑的俏臉，只有三吋許的距離。

兩人的目光交纏在一起。

凌渡宇首先道：「你要來探訪我們，我們歡喜還來不及，為何要這樣鬼鬼祟祟？海藍娜大小姐。」

海藍娜長長的眼睫毛輕輕顫動，大眼睛一閃一閃，稜角分明的小嘴卻緊閉成一道溫潤的橫線，臉上泛起驕傲不可侵犯的神色。

換了是別人，凌渡宇一定緊擠一下她動人的胴體，不規矩一番，報復她的傲態，但想起老朋友沈翎對她的微妙感情，又似乎不太適合，正容道：「假若你答應乖乖的隨我回去，我讓你起來，怎麼樣？否則！嘿……」

海藍娜難以覺察地點頭，表示應允。

她答應得這麼爽快，反而使凌渡宇懷疑起來，當機立斷，右手把她的手槍繳了過來，另一隻手迅速在她美麗的胴體上摸索。

海藍娜扭動身體，抗議道：「噢！你幹甚麼？」嬌聲軟語，在這樣的情況下，分外令人心動。

凌渡宇跳起身來，道：「搜身完畢，沒有武器，你可以起來了！」

海藍娜敏捷地跳起身來，一巴掌向凌渡宇摑去。

凌渡宇閃身來到她身側，左手一把抓着她打人的玉手，反扭背後，另一手摟緊她的蠻腰，貼在她耳邊道：「對不起！你應該明白自己作賊的處境，現在請先回屋裏，若我有不對的地方，願給你也搜身一次。」

海藍娜貼在淩渡宇的懷抱裏，胸口強烈地起伏，沉浸在盛怒之中。

僵持不下間，沈翎的聲音傳來道：「淩！都是你使得……噢！甚麼？原來是你……」

海藍娜怒道：「是我又怎樣？兩個大男人，欺負一個弱女子，還不放了我！我是為你們好，才找你們。」

淩渡宇向走來的沈翎苦笑道：「老沈！你看怎麼辦？」

沈翎笑道：「我們可以怎麼辦，放了她吧！」他眼中滿是笑意，罩定海藍娜的俏臉，後者不屈地把俏臉偏向一旁，彷彿不願給對方飽餐秀色。

淩渡宇聳聳肩胛，鬆開海藍娜。

海藍娜伸手整理秀髮，大模廝樣地越過沈翎，向長街另一端走去。

淩渡宇向沈翎使個眼色。

沈翎搖搖頭，示意讓她離去。

海藍娜沒入黑暗前，轉身道：「記着！這筆賬，一定會和你們算個清楚。」轉身走了。

凌渡宇搖頭苦笑道：「這樣惡人先告狀，你遇過沒有？」

片刻後，兩人返回屋內。

廚房的後窗，鋸開來的鐵枝，首尾端都黏着膠狀的物體，看來他們未回來時，已給海藍娜割了開來，又用膠黏回上去，他們返來時，海藍娜躲在廚房裏，見勢色不對，急忙逃走，可是終逃不過凌渡宇的追捕。

沈翎把凌渡宇帶出屋外，來到凌渡宇感到有人窺視的位置，指着窗玻璃上一個三寸許直徑的圓形物體道：「我撲出來時，人早走了，卻留下這擴音竊聽器，所以那人雖未入屋，我們的説話，休想有一字瞞過對方。」

凌渡宇呆了片晌，道：「老沈！形勢愈來愈複雜了，你一個人怎應付得了，無論你怎樣説，我也要留下來助你一臂之力。」

沈翎默然不語，心中確不願凌渡宇捲入這個漩渦。

凌渡宇道：「你信得過海藍娜嗎？」

沈翎反問道：「你呢？」

凌渡宇略作沉思道：「不知怎地，我直覺她沒有惡意，雖然她的動機不明，但放了她，不失為一種解決辦法。」跟着望進沈翎眼內，正容道：「好了！你也應告知我事情的真相，不要告訴我你只是想鑽個幾千米的地洞來玩耍！」

沈翎道：「明天一早，我往瓦拉納西，實地處理開採的事情，你留在這裏……」頓了一頓，續道：「我在這裏有間公司和十多個職員，你負責所有器材付運的事宜和支付費用，事了之後，再往瓦拉納西和我會合，屆時我一定將整件事和盤托出，如何？」

凌渡宇微笑道：「一言為定。」

他像是知道了很多，卻又是一無所知。那就像生命，你以為知道了很多，其實永遠是個提燈的盲人，不知手中的燈籠是否熄滅了。

凌渡宇駕着吉普車，沿着依恆河主要源流朱木拿河的公路，向瓦拉納西的方向進發。清晨時分，空氣分外清新，今天是他第二日的車程了，估計下午四時許，將可抵達這印度教徒心目中最神聖的城市。

恆河的源頭起於喜馬拉雅山脈南坡加姆爾的甘戈特力冰川，冰川溶解的水，和印度的季候雨，造成恆河大小河道源源不絕的水流，所以在西南季風盛行的五月至九月的雨季，水位猛漲，時常發生氾濫，一月至五月旱季時，流量劇減，恆河這種不穩定的性格，也決定了印度人篤信天命的性格，在某一程度上甚至有點自暴自棄，安於命運的安排。

這時是八月中旬，印度季候雨肆虐的期間。昨夜才下了場大雨，道路泥濘滿地，幸好凌渡宇的吉普車性能極好，當然免不了顛簸之苦了，不過他的情緒卻頗佳。

並不喜歡新德里，人太多了，農村經濟長年不景，引致大量印度人湧往城市，工作僧多粥少，街上滿是流浪者和討錢的貧民，使他感到非常不舒服。

兼且最怕煩瑣碎事，這兩星期來為沈翎的開採大計忙得透不過氣來，目下所有必需的器材付運，均已辦妥，人也輕鬆過來。

朱木拿河清澈的河水，在左側奔騰洶湧，遠近的樹木青葱翠綠，使他心胸擴闊，煥然一新。

吉普車以六十多里的時速前進，在這樣的道路條件下，是最高的車速了，遇上太崎嶇不平的路段，車子還要停下來慢行。道上交通幸好並不繁忙，途中遇上多是運貨的大貨車，也有原始的驢車和大象拉的車，印度旅行的工具最方便是火車，印度擁有全世界最繁密和最長的鐵路網，可惜不是最先進的，管理亦不完善，意外無日無之。

朱木拿河與恆河，並排由北而東南，當抵達瓦拉納西前的另一大城阿拉哈巴德時，朱木拿河清冽的河水，與恆河褐濁多沙的水流匯合一起，形成十分顯明的水線，以後逐漸交融混合，氣勢磅礡地流向著名宗教聖地瓦拉納西——凌渡宇此行的目的地。

當日的十二時，在炎陽高照下，他的吉普車越過了阿拉哈巴德，比原定時間遲了三小時，目的地仍在五個小時車程外，他的計劃是希望在入黑前到達沈翎的開採點。

心神轉到卓楚媛身上。

她深明道理，不單只沒有怪責他失約，還特別為他跑了瑞士一趟，往巴極的秘密戶口，提調了二億美元，供他們周轉。不過他拒絕了她來印度的要求，從沈翎的態度看來，這件事一定凶險非常。

凌渡宇猛踏剎車掣，吉普車倏然止住。一群牛優優游游，在他面前橫過。

印度是世界上最多牛的國家，幾達三億之眾，略少於其一半的人口。印度教教徒心目中，牛是繁殖的象徵，是神聖的，恒河便被認為是牛嘴裏流出來的清泉，當然也是聖潔無比的了。

待牛群過盡，足足耽擱了十五分鐘，凌渡宇繼續行程，他有少許焦急，若不能在五時前抵達瓦拉納西，他便不能在入黑前到達開採的營地。一來由瓦拉納西往營地還有數小時的車程，另一個原因是開採地處偏僻，縱然有沈翎給他的地圖，也不是那樣容易找到。

或者要改變行程了。今晚留在瓦拉納西，明早才出發往會沈翎。

黃昏時分，聖城瓦拉納西在前方若現若隱，暮色裏，蒼茫肅穆。

路上的行人愈來愈多，大部份都是朝着聖城的方向進發，他們神色端正，充滿嚮往的表情，使凌渡宇的車速更是緩慢。

有些印度人一跪一拜，緩若蝸牛地向聖城推進。

凌渡宇對這情景泛起熟悉的感覺。

少時在西藏，這種朝聖者，充滿在通往拉薩布達拉宮的大小路上。

瓦拉納西位於恆河中游的「瓦拉納」和「阿西」兩河之間，印度教徒把她視作最接近神的地方，一生中至少來這裏朝聖一次，能於此地歸天，則更是蒙神眷寵了。市北的鹿野苑據傳是釋迦牟尼第一次講道的地方，所以瓦拉納西又被稱為「印度之光」。

三公里路，足足走了個多小時，凌渡宇的吉普車緩緩進城。

下午六時多了，日照西山。城內人多、牛多，馬路上人車牛相爭，凌渡宇逐寸逐寸推進，時間真不巧，可能是遇上甚麼大節日了。

聖城不愧是印度的宗教中心，十步一廟，古蹟隨處可見，建築物古色古香，飾以精美的石雕，洋溢着神聖的氣氛，有若整個印度文明一個縮影。

香燭的氣味，充溢在空氣裏。

大街小巷，佈滿擺賣各種宗教色彩紀念品的地攤，叫賣聲、討價還價聲，此起彼落。印度本土人中雜着很多慕名而來的遊客，倍添熱鬧。

凌渡宇的吉普車，緊跟在兩輛載滿日本遊客的大型冷氣旅遊車之後，一群叫賣的印度人，緊追車旁，靜待遊客下車的時刻。

幾經辛苦，淩渡宇轉出了沿着聖河的馬路，連忙叫苦連天，剛才車子行行停停，這裏卻是完全動彈不得。

左側是寬闊的恆河，一個接一個水泥築的台階碼頭，延伸往污濁的聖河水裏。這時成千上萬的本土教徒，正浸在河水裏洗「聖水浴」。

有些祭司模樣的人，站在碼頭上口誦禱文，虔敬的教徒們，扶老攜幼，沿着一級級的石階走進河水裏。

浸泡在聖水中，教徒們頂禮膜拜，加上遠近寺廟傳來的樂聲，混和在沐浴教徒的誦經聲裏，頗有一番情調。

淩渡宇注意到沐浴後步出河水的信徒，手中大多提着一壺恆河的「聖水」，應該還有一定的祭拜儀式。不過他希望教徒們不要把「聖水」飲進肚裏，因為表面看來，「聖水」污穢非常。

印度的一切，都是為了宗教而存在。淩渡宇搖搖頭，暗忖人傑地靈，印度是受了甚麼山川風水的影響，變成這樣一個狂熱於宗教的民族。

前方的人群一陣騷動，依稀間見到一大群信徒，簇擁着幾個人，沿着河岸，向凌渡宇這方向走過來。

附近四周的人紛紛膜拜，來的人當然是備受尊崇的宗教領袖。

人群逐漸迫近，凌渡宇運足目力，只見為首行來的，是一個意氣軒昂、身軀筆挺的老者。他走過的地方，所有人都紛紛拜伏。

他看來很老了，最少八十歲以上，然而他的步伐和精神，卻又使人感到他精力充沛，充滿年輕的味道。

黝黑的身體，只有一塊腰布圍着下身，接近赤裸的身體，特別腹部和赤着的腳，佈滿泥漬，使人聯想到他剛進行了聖河浴的儀式。

老人沒有包頭，長長的頭髮，在頭頂正中打了一個大髻，套了一個紅色的花環，像頂帽子般盤在頭上，鮮明奪自，唇上和頷下，長滿粗濃糾結的棕黃鬚髯，臉上的骨格粗壯有力，一對眼卻是清澈平和，粗獷裏見精緻。

迎面來的雖有上千人，但淩渡宇一眼便看到他，眼光再離不開。

他的神采風範把淩渡宇心神完全吸引。淩渡宇感應到他龐大無匹的精神力量。

老者走到淩渡宇左側十多碼處，轉了個身，筆直向淩渡宇的吉普車走來。

淩渡宇嚇了一跳。

老者乃眾人之首，在他帶動下，原來跟在他身後的人，變成向淩渡宇的車子圍來。

淩渡宇不解地望着向他擁來的人群，他們成三角形迫近，三角的尖端，就是那氣魄懾人的老者。老人一直來到淩渡宇車窗前。

淩渡宇放下玻璃，望向車側的老人。他發覺完全不能思想。

他的心靈像是一片虛白，又像無比地充實。

老人深邃遼闊的眼神，有若大海的無際無邊，閃爍着智慧的光芒，望進淩渡宇內心的至深處。

在他一瞥之下，淩渡宇有赤裸身體的感覺，好像沒有任何事可以在老人眼下隱藏。

淩渡宇自命不凡，也有點措手不及。

老人臉上露出一個動人的慈祥笑容，雄壯低沉的聲音，以淩渡宇最熟悉的藏語道：「神的兄弟！神會使我們再見！」

淩渡宇聽到自己心臟急速跳動的聲音。

老人臉容一正，抬頭望向天上，心神似已飛往無限遠的天外，好一會才帶着人群，折回原先的路線，逐漸遠去。

淩渡宇眼光追蹤而去，視線已被密麻麻的人群阻擋，再看不見這舉動奇怪的老人，四周的人紛紛向淩渡宇投以奇異的眼光，他聽到四周的人群中，有人耳語道：「奇怪，蘭特納聖者從來沒有這樣的舉動！」

車子又再通行無阻，看來適才是為了讓這群人通過馬路，阻塞了交通。

凌渡宇條件反應地駕車，心中卻在想着剛才的蘭特納聖者。

他究竟是甚麼意思？他看中了凌渡宇甚麼？

車行半小時後，來到臨河而築的一所五星級大酒店。

今晚，他要在這裏度宿一宵了。

一個小時後，凌渡宇梳洗完畢，穿着輕便的T恤牛仔褲，來到酒店內的餐廳門前。

凌渡宇輕鬆地踏進餐廳，一名侍者迎上來道：「先生！預訂了枱子嗎？」

凌渡宇搖頭。

侍者臉上泛起抱歉的表情，禮貌地道：「你可以稍待一會嗎？」

凌渡宇待要答應，來了個領班道：「閣下是否凌渡宇先生？」

凌渡宇微一錯愕，點了點頭。

領班堆起恭維的笑容道：「貴友在貴賓廳內等你，請隨我來！」當先帶路前行。

凌渡宇天不怕地不怕，毫不猶豫跟進，心內嘀咕：究竟會是誰？難道是沈翎？他應該忙得不可開交，哪有閒情在餐廳給他一個這樣的驚喜。

領班把他引進一個獨立的廂房內，一張長枱，首尾燃點着兩台燭火，銀色的餐具，枱心的鮮花，洋溢着浪漫的氣氛。

長枱一端靠牆的主家位，坐了位傳統印度華服的女子。

凌渡宇一見，大感愕然，道：「甚麼？是你！」

女子臉上冷冰冰地，吝嗇地把動人的笑容收起來，道：「請坐吧！」

原來竟是手握幾家賭場、被尊為大小姐的海藍娜。

凌渡宇老實不客氣坐在長枱的另一端，遙望着另一端的海藍娜。

海藍娜淺紫藍色的頭巾，配着一身輕柔的湖水藍底印白花的紗裙，在燭光掩映下，神秘而不可即。

海藍娜淡淡道：「我為你要了一個精美的素餐，在這個六年一度的聖河節，你不會反對吧？」

淩渡宇作了個不在乎的表情，心中另有一種想法，海藍娜是因為不願有人在她面前吃肉，才顯得這樣體貼。

侍者捧上素餐和薄餅，退出房外。房內剩下他們兩人。

左側是落地大玻璃，俯瞰着恆河。

燈火點點在河面上移動，眾多信徒在進行宗教的儀式。

淩渡宇看看海藍娜面前的枱面空空如也，清水也沒有一杯，奇道：「你的晚餐呢？」

海藍娜平靜地答道：「今天是我斷食的日子，請不要客氣。」

淩渡宇恍然道：「噢！快是月圓的時刻了。」難怪海藍娜是那樣平靜和輕緩。

修練瑜伽的人，每選擇滿月和新月時斷食，不吃食物和清水，因為他們認為這可對抗月亮對人身心的影響力。

月球的引力，在這兩個時間達到最強的力量，因為太陽、月亮、地球在同一線上，造成地上潮汐漲退。人的身體百分之七十是水的分子，月球在這兩個時刻，亦同時影響到人體內的「潮汐」。

據研究，滿月及新月後三天內，月球的引力把人體的水份吸到腦部。這異常的變化，形成焦慮、不安、亢進等情緒。另有一派理論，則認為月亮在這兩個時間，影響氣壓，以致產生連鎖的影響，及於人體內的血壓升降和腺體的分泌，結果當然影響到人的情緒。

瑜伽的手段是通過對物質身體的控制，達至對精神的控制，所以在滿月和新月前的三天，瑜伽師會進行斷食，以減少身體內的水份，就是這個道理。

凌渡宇倒不客氣，伏案大嚼起來。海藍娜巒有興趣地看着他進食。

凌渡宇笑道：「你遠道來此，設宴招待，是否心中不服氣，想搜還我一次身？以牙還牙！」

海藍娜臉上飛上兩朵紅雲，倍添艷麗，顯然是回想起當晚的氣人情景，好一會神色才回復平靜無波，避而不答道：「今趟是有事相求。」

凌渡宇愕然，道：「你……」

海藍娜輕輕搖頭，道：「不是我，我代表一位很特別的人來請求你們。」

凌渡宇給她弄得糊塗起來，指指自己道：「我們？」

海藍娜點頭道：「是的！你們！」

凌渡宇沉默起來。「你們」當然是指他和沈翎。難道她也想像王子一樣覬覦他們要發掘的「東西」？他實在不願將眼前這看來玉潔冰清的美女，和貪婪連結起來。

海藍娜雖在凌渡宇的灼灼眼光迫視下，依然問心無愧地淡然自若，緩緩道：「放心吧！我代表的人和王子是截然不同的兩種人，無論你們掘出任何寶物或在這世俗裏很值錢的東西，他也不會沾手。」當她提到她代表的那人時，神色間自然透出高度的崇敬。

凌渡宇呆了一呆，仔細端詳她美麗的俏臉，不解地道：「那他有甚麼請求？」

海藍娜吁出一口氣，輕輕道：「我只是負責為他傳話。」

凌渡宇靜心等待，海藍娜有種寧靜致遠的特質，使人和她一起時，感到一切都是和平、安靜、美好。

海藍娜續道：「他說：他想下去看一看，就是那麼多，絕不會帶走任何一樣物質化的東西。」

凌渡宇腦中一片空白，他不知道沈翎要發掘甚麼東西，故此無從作出任何判斷，事情愈來愈不簡單。王子也可以說是通過沈翎的異常行為，估計沈翎志不在石油，從而要求分一杯羹。海藍娜代表的這個人，似乎知道的又比王子更為深入，他的請求亦更是奇怪。究竟這是甚麼一回事？

「不取走任何物質化的東西」，對比是「會取走非物質化的東西」，那又是甚麼東西？「精神」是非物質的，那又和深入地底的一個洞有何關係？

海藍娜見凌渡宇苦苦思索，先發制人地道：「不要問我，我也不知道那是甚麼意思，沒有人可以明白他。」

凌渡宇迫問道：「他是誰？」

海藍娜道：「現在還不能說。」

凌渡宇心中有些許憤怒，沉聲道：「你的請求，為何不直接向沈翎說……」微微一笑，意有所指地道：「我看他不會拒絕大小姐你的要求，無論是如何地不合理。」

海藍娜臉上再起紅雲，垂下頭道：「你和我代表的人，都是非凡的人，我以為你們會明白對方。」

她這樣一說，凌渡宇知道海藍娜真的只是個傳話人，她羞態可人，刺激起淩渡宇，使他步步進逼，道：「那你為甚麼不直接找上沈翎？」

海藍娜抬起俏臉，深澈清美的秀目，一觸淩渡宇透視心靈的鋭目，不敵地垂下目光，以蚊蚋般的聲音道：「我怕見他！而你是他的好朋友。」

淩渡宇大樂道：「怕甚麼？怕愛上他嗎？」

海藍娜料不到淩渡宇這麼單刀直入，大膽了當，俏臉更紅，頭垂得更低了。

淩渡宇微笑不語，欣賞着對方動人的女兒情態。

足有數分鐘之久，海藍娜勇敢地仰起俏臉，紅潮退去，堅定地道：「是的！你説得很對，因為我心中另有所愛，不能再接受這以外任何的愛了。」

淩渡宇愕然道：「你結了婚嗎？」

海藍娜臉容回復止水般的平靜，搖頭否認。

淩渡宇失聲笑道：「既然非名花有主，你怎能封起別人追逐於裙下的門路，你怕愛上他，這表示你對他大有情意。」

海藍娜搖首道：「這是很難解說的，我也不想再談。」

凌渡宇道：「那你又為甚麼要找我，難道我沒有吸引力嗎？你不『怕』我嗎？」

海藍娜軟聲道：「凌先生！」她語聲中充滿懇求的味道，把對方凌厲的詞鋒，一下子化解於無形。

凌渡宇嘆了一口氣道：「好吧！這件事我不能作主，讓我和沈翎談過再說。」站起身來，準備離去。

海藍娜默坐不語。

凌渡宇正要離去，海藍娜道：「假若你們需要資金，無論多少我也可以付出。」

凌渡宇離開桌子的那一端，走到海藍娜身前，俯下頭去，離開她晶瑩的俏臉數寸的地方說道：「你既願付錢，那天為何又要贏沈翎的錢。」

海藍娜微微一笑道：「我也不知道為何發展到那情況，我原本是蓄意輸一大筆給他的。」

凌渡宇一呆，隨即大笑起來，轉身往門走去，留下海藍娜在背後。

一路往房間走去，他的心神仍然轉在海藍娜身上，當晚在賭場時，海藍娜牌面的三條K，比起沈翎的三條A是輸多贏少，看來她的話非是虛語，可是造化弄人，她最後來了一條K，成為「四條」，勝了此局。

他又想起沈翎未翻過來的底牌，有點後悔適才沒有乘機問一問海藍娜，不過這也好，這成為了他們兩人間的事了。

來到房門前，心中一動，停了下來。

他的目光落在門隙一條斷髮上，他出門時，曾抽下一根頭髮，以口水黏在門隙處，門環掛上「請勿騷擾」這牌子，目下頭髮斷了，顯示有人曾進房內。

他猶豫片晌，終於如平常地推門進內，警覺性提到最高。

幾乎同一時間，一把性感的女聲道：「回來了嗎？」就像妻子對下班回來的丈夫的歡迎語。

雲絲蘭安然挨坐在房內的沙發上，左手優美地拿着長長的煙嘴，吸了一口煙，輕輕吐出，煙霧在她的俏臉前升起，誘惑的大眼，帶着野性和挑戰。

她穿了鵝黃色的兩件頭套裙，有點男性化的西裝外套上衣內，是銀白的絲質恤衫，頸項處掛了一串珍珠，光華奪目，修長的大腿交疊在一起，高雅中帶有使人心動的魅力。她説話時，兩顆月形的耳墜輕輕顫動，惹人遐思。

凌渡宇深深吸了一口氣，道：「如果我是星探，一定不會放過你。」他的目光這時才有餘暇打量放在她面前小几上的小型錄音機。

雲絲蘭深深吸了一口煙，笑道：「多謝好意，但卻不用了，誰不知道雲絲蘭是印度最紅的艷星，今屆的影后。」

凌渡宇呆了一呆，搖頭失笑，關上門，在她對面的沙發坐下。

兩人的目光交纏一處。

雲絲蘭眼中露出欣賞的神色，道：「你是個性感的男人！」

凌渡宇回敬道：「你是個性感的女人。」

雲絲蘭動人一笑，以近乎耳語的性感聲音道：「你還未真正嘗試過我的滋味，否則你這句話，將會有感情多了。」

凌渡宇「洛」一聲吞了啖口水，只覺喉嚨有點乾燥，給雲絲蘭這樣主動挑逗，是極難抗拒的。

凌渡宇感到有改變話題的必要，指着几上的錄音機説：「你不是特別來放段音樂給我欣賞吧？」

雲絲蘭淡淡道：「我要給你聽的，比貝多芬或巴哈音樂更動人，那是你和你的大探險家朋友的美妙聲音。」

凌渡宇動作凝住，沉聲道：「你要怎樣？」他思路極快，立時知道這是甚麼一回事。

雲絲蘭道：「果然是淩渡宇，一個使惡勢力束手無策的人物，沒有錯，那晚王子要我跟蹤你，在窗外偷聽你兩人說話。我也想不到，只看你一眼，便給你發覺了，幸好我錄下你們的說話。」眼睛望向錄音機，續道：「這盒翻錄的版本，算是我給你的見面禮。」

淩渡宇不怒反笑，舒舒服服挨在沙發裏，道：「你究竟想怎樣？」

雲絲蘭身子前傾，媚聲道：「你知道假設這錄音交到王子手裏，後果會是怎樣？」恤衫的胸口開得很低，這樣前傾，淩渡宇的眼光不期然地望進她深深的乳溝內。

眼前奇景消去，她坐直了嬌軀，脊骨挺得直直的，高聳的酥胸，顫顫巍巍，尤其是有了剛才的春光乍洩，更增人的遐想。

她確是男人的大剋星，舉手投足，莫不把對方的心神吸攝。

淩渡宇發覺自己沒法生起對她應有的憤怒。

凌渡宇吸了一口氣，道：「說吧！」

雲絲蘭默然片刻，沉聲道：「我要你為我殺一個人！」

凌渡宇皺眉道：「你當我是誰，一個職業殺手？」

雲絲蘭道：「不，我知你是個怎樣的人，我手上有很詳盡的關於你的資料，你是絕不反對殺這個人的。」

凌渡宇道：「誰？」

雲絲蘭道：「王子！我要你殺他，在你把東西掘出來前，幹掉他！」

凌渡宇神情一愕，奇道：「甚麼？你不是為他工作的嗎？」

雲絲蘭笑了起來，這次笑聲含着深刻的悲憤，恨恨道：「我不止為他工作，還是他的情婦、他的玩物、他巴結政要的工具。」

凌渡宇恍然大悟，那次在賭場遇上雲絲蘭，敢情並非巧合。她是奉王子之命，來監視沈翎，難怪賭場的人這樣懾於她的威勢，誰敢惹她的強硬後台。

一時間默然無語。

凌渡宇打破僵局，道：「你這樣來訪，不怕王子知道嗎？」

雲絲蘭傲然道：「我對他太有用，除非犯了他的大忌，他還管我不着。何況，他要我色誘你來加以控制。」言罷輕擺嬌軀，作了個動人的姿態，仰臉給了凌渡宇一個飛吻。

凌渡宇的心臟觸電似的跳了幾下，嘆口氣道：「殺了他，對你有甚麼好處，沒有靠山，你還能橫行無忌嗎？」

雲絲蘭首次垂下頭，幽幽道：「你知道嗎？由我十五歲開始，便想殺他，他是我的殺父仇人。」

「我媽媽生我時難產死了，自我懂事開始，我的家便是街頭，爸爸帶着我從南印度，一直流浪到北印度，我們偷、乞、騙，甚麼也幹，還是吃不飽、睡不暖，未曾經歷過那種日子的人，是不會明白的。我學會了很多東西，學懂如何保護自己，如何開鎖、偷東西、打架。我和父親兩人相依為命！」

雲絲蘭猛地抬起頭來，道：「不！我不願意說了，你也沒有興趣聽，是嗎？」

凌渡宇柔聲道：「傻女，說吧說吧！我正在留心聽。」

他的聲音溫厚平和，使人感到能真心信賴。

雲絲蘭眼中露出回憶的神色，道：「我不會忘記，至死也不會忘記，那是下大雨的黃昏，爸爸站在那裏，一架黑色大房車剷上了行人路，爸爸就倒在地上，他附近的地上全是血、血、血……」

雲絲蘭臉上滿是驚悸，可見當時的驚嚇是多麼深刻。

雲絲蘭沉聲道：「一個人從車上走了出來，一腳踢在垂死的爸爸身上，詛咒道：『踢死你這賤種，居然敢阻我去路。』我要衝上去拚命，有人攔着我，告訴我那人就是王子，哼！就是王子！」她語聲中的恨意，使人不寒而慄。

凌渡宇道：「既然你和他有這樣的過節，為何又跟着他。」

雲絲蘭放縱地笑起來，淚水卻不停地留下，好一會笑聲停止，緩緩道：「十七歲時，我考進了一所明星訓練學校，造化弄人，原來那是王子轄下的企業之一，一天他來巡視，看中了我，以後的事你可想像得到，他捧起了我，使我成為千萬人羡慕的偶像。可是每天我都想殺死他，但殺死他後，我的一切也完了，他的手下絕不會放過我，我不想再過以前的那種生活，那是比噩夢還可怕的經驗。」她語氣雖然平靜，卻帶着深如大海的無奈和對自己的恨意。

雲絲蘭道：「所以當我知道你是怎樣的一個人物時，我立刻想到求你殺掉他，只有他死了，我才可以真正地生活，過我自己決定的生活。」

凌渡宇道：「殺這種人我絕不手軟，問題是可否在發掘後，而不是之前。」

雲絲蘭站起身來，走到凌渡宇身前，直至雙腿碰上凌渡宇的膝頭，才跪了下來，一雙玉手按着他的大腿，香唇蜻蜓點水地吻了對方一下，微笑道：「傻子！你太不明白王子，這人從來不遵守任何誓言，絕不會把好處分給任何人，只要他掌握到你們所知的一切，你們便完了，所以你只能在那樣的情況出現前，」她用左手掌沿着自己的咽喉作了個切割的手勢，道：「割斷他的喉嚨。」

凌渡宇道：「想幹掉他的人必然很多，但直到今天他仍活得那樣好，可知並非易事，這還不要緊，問題是據我推想，很多為我們工作的人，由工程師以至工人，可能都是他指派來或受他操縱。他假若死了，我們的計劃怎樣進行。」

雲絲蘭站起身來，道：「這是你的問題了，記着！為了你自己，也為了我，你一定要比王子先動手。」她遞過一張紙條道：「這個電話號碼，可以找到我。」

她推開了門。

凌渡宇扭頭叫道：「你不是要色誘我嗎，為甚麼趕着走？」

雲絲蘭扭頭沉聲道：「今天是我爸爸的忌辰……我……很喜歡你。」指了指几上的錄音帶，道：「那是唯一的一盒，你……愛怎樣便怎樣……」動人的身形，隨着閉起的門，消失不見。

凌渡宇來到開採的營地時，是次日的早上十一時。

風雨交襲下，整個營地陷在白茫茫的豪雨裏，視野不清。

營地在一個四面圍着高山的盆地核心處，龐大的鋼架豎立起來，廣大的營地圍着鐵網，車進車出，數百工人在忙碌着，進口處守衛森嚴。

他在一間臨時搭建的木造房子內找到沈翎，後者正沉着地與一群工程師開會，研究工作的步驟和程序。

凌渡宇進入會議室，沈翎略作介紹後，他被安排坐在沈翎身側。

總工程師艾理斯是英國人，有豐富開採油田的經驗，指着會議桌上一個立體的地勢圖道：「這是瓦拉納盆地，我們的開採點，位於盆地的正中央處。」

眾人點頭表示明白。

艾理斯道：「我們曾通過地形分析，遙感勘探，和查閱有關的資料，對於地層的組織，有了一定的結論。」

眾人露出注意的神情。

凌渡宇大感興趣，石油的開採，是非常不簡單的一件事，必須根據地質的結構和變化，決定鑽井的方法，才不致事倍功半。

艾理斯道：「這由威正博士解說。」

威正博士是位四十多歲的美國人，身材瘦削，唇上蓄了髭子，面相精明，道：「坦白說，瓦拉納盆地並不是鑽井的好地方，地面構造非常複雜，以濁積岩體為主，構造上產生了高陟背斜，多斷層，兼且地層堅硬，膏鹽和垮塌層段密集相連。」

凌渡宇聽得頭也大了起來，這是非常專門性的名詞，教他們這個門外漢一頭霧水。

沈翎沉聲道：「這對鑽井會產生甚麼後果？」

威正博士答道：「因為地層複雜，使鑽井過程內，會遇到很多不能預料的情況，例如井壁易於垮塌，發生惡性井漏或強烈井噴，鑽井液柱平衡地層壓力困難，井眼縮徑，以致發生種種不能預估的意外……」

另一位印度籍的工程師山那星插口道：「這會使到鑽頭選型頻繁，拖慢了工程的進行。兼且鑽井時地層崩塌意外發生時，鑽井液將受到嚴重污染，會毀壞鑽油台的機械操作。」

總工程師艾理斯接口道：「還有一個最大的問題，就是固井的作業非常困難，尤其是沈翎博士指定油井必須可容一架升降機在井內自由升降，這將把成本提高至一般油井的十二倍以上，假設井深不是沈博士要求的三千米，情況可能會好一點。」

沈翎道：「這是我重金聘你們來此的原因，錢沒有問題，我只想知道，有甚麼解決的方法？」

艾理斯道：「辦法總是有的，我們已在固井方法上動了腦筋，例如要採用能耐高溫、防黏卡的優質磺化泥漿體鑽井液，預備好各類型的鑽頭，採用大斜度定向井、水井、叢式井的混合技術，加大套管尺寸……」

當會議結束時，是當日下午三時正。

凌渡宇和沈翎兩人留在會議室內，吃他們的午餐。默默進食。

兩人情緒有點低落，開採的工程看來是非常艱苦。

正是內憂外患，交相迫煎。

凌渡宇道：「我想他們中沒有一個人相信你是要採石油。」

沈翎道：「當他們銀行戶口內的數字不斷增大時，哪還理會在幹甚麼。」跟着眨眨眼道：「有錢使得鬼推磨，我和他們的合約上列明只須遵照指令，弄它個深井出來，其他一切無權過問。」跟着壓低聲音道：「山那星可能是王子派來的監視的人，三日前才來報到。」

凌渡宇嘆了一口氣道：「好了！現在到了你和盤托出的時刻了。」

沈翎微微一笑道：「當然當然！我怎敢再瞞你。」

凌渡宇道：「說吧！」

沈翎臉容一正，道：「你聽過著名的『死丘之謎』沒有？」

凌渡宇愕然道：「當然聽過，這是人類歷史上最大的奇謎之一，和這裏有甚麼關係？」

印度文明的起源，來自印度河文明，代表印度河最早和最重要的兩個古城遺址，是位於現今巴基斯坦信德省的「摩亨佐達羅」城址和旁遮普省的「哈拉帕」城址。根據碳十四的測定，這兩個城的年代應是介乎公元前二千年至三千年間，面積約二．五平方公里，人口估計三至四萬人。城市頗具規模。

沈翎站了起來，道：「來！讓我帶你參觀參觀。」

凌渡宇醒悟他怕被人偷聽，忙隨他一道往外走。

走出房子外，兩人精神大振。

使大地化成一片迷茫的季候雨，被高掛的艷陽取代，濕潤的植物在陽光烈射下，散發着翠綠的生機，植物清新的氣息，撲面迎來，極目遠眺，遠處環繞的高山，掛着一條條由上往下的白線，隱聞隆隆的水聲，是暴雨造成的飛瀑。

凌渡宇道：「這地方特別熱。」

沈翎極目四方，答道：「這是盆地，四周高起，中間凹陷，熱氣不易消散，儘管日落西山，還是很熱，你知道嗎？只是清理開採區內的樹木，便用了兩個多月的時間。」

凌渡宇望着營地中央的巨型鋼架結構、遠近的房舍、在活動的數十部貨車和工人，嘆了口氣道：「真不簡單，這事你籌備了多久？」

沈翎若無其事地道：「五年了！」跟着道：「來！」

兩人走上凌渡宇駛來的吉普車上。

沈翎把吉普車一直駛出營地外，停在一個高起的山丘上，這處剛好把營地全景盡收眼底之下。

兩人下了車，來到一塊大石坐了下來。

沈翎道：「你對死丘的事知道多少？」

凌渡宇把記憶中的資料整理一番，道：「在公元一九二二年，印度著名考古學家巴納爾仁，在印度河中央一個荒島上，發現了一處遠古城市的廢墟，就是印度河文明的兩個古文明遺址之一的『摩亨佐達羅城』。」

沈翎道：「你對古城的年代，有沒有下過研究的功夫。」

凌渡宇搖頭。

沈翎仰頭大力吸了幾口清新的空氣，閉上雙目，長長吁出一口氣道：「我卻有，事實上，自二十七歲開始，到現在我四十一歲了，從未有一刻停過對它的研究，斷斷續續地，我在該城進行了大小百多次的廣泛發掘。

「據惠勒著作的《印度河文明》一書，斷定它的年代在公元前二五零零年至一五零零年間，這個判斷，是最流行的說法。年代的問題暫且不論，最奇怪的是，從廢墟裏所發掘出來骷髏分佈的情況來看，古城的居民是在同一天同一時刻全部死亡的，所以考古學家把這古城稱為『死丘』。古城為何會突然毀滅？古城的居民為甚麼會在同一天內同一時刻全部死亡？這成為印度河流域古代文明發展史上的一個奇謎。」

凌渡宇皺眉道：「我曾看過點有關這方面的著作，一些學者從地質學的角度來闡釋，認為由於遠古印度河河床改道，發生地震，河水氾濫，引起了突如其來的大水患，把河中央小島上的古城摧毀，城內居民一齊被淹死。」

沈翎不屑地道：「這是雷克斯撰寫的《印度河古代城市衰亡錄》和威爾帕特的《印度新史》所提出的說法，這些人只可用他們能理解的方法去解釋一切，其實漏洞百出。

「他們也不想想，假設真的是大洪水為患，古城內居民的屍體，當會隨水漂流遠去，城內沒有可能保留大量的骷髏。我曾仔細察看遺址，並沒有發現任何遭受特大洪水的證據。」

凌渡宇沉吟不已，暗忖是不是一場大瘟疫造成的集體死亡，很快他又推翻自己的斷定，因為人類的知域內，還沒有任何急性傳染病能在同一天同一時刻內，使全城人一齊死亡。而且從骷髏分佈的情形分析，當時有些死者是在街上散步，又或者在房舍裏幹活，不似患有重病。

凌渡宇道：「是不是別的種族大規模入侵造成的呢？」

沈翎道：「這說法可能有點道理，可是當時其他的種族，根據現存的考古資料，還沒有那個傾向和力量。有人認為是雅利安人，但他們的出現，是幾個世紀後的事了，入侵的不會是雅利安人。據考古發掘，當時有居於俾路支斯坦的部落，有和伊朗部落相連的諸部落，他們的移動規模極少，應該不能造成這類消滅全城數萬人的滅絕大禍。」

凌渡宇道：「你的想法是怎樣？」

沈翎眼中閃動着懾人的光芒，他一生人都在探索大地上神秘的一面，那是他的生命和目標。

沈翎望向凌渡宇，吸一口氣道：「在死丘裏，有一種很奇怪的痕跡，只能用大爆炸去解釋。

「發生爆炸的中心區域，所有建築物全部夷平，爆炸的痕跡十分明顯，破壞程度由近而遠，逐漸減弱，只有最遠邊的建築物得以倖存。」

凌渡宇腦海中勾出古城爆炸的駭人情景，隆的一聲，地動山搖，建築物泥沙般塌下，震力一下子摧毀了數萬人命。

沈翎從衣袋中取出一塊石頭，遞給凌渡宇。

凌渡宇拿在手中掂掂，頗為沉重，似乎是泥土和礦物扭結而成。

沈翎道：「這是我在廢墟內找到的，是黏土和合着礦物燒結而成，我曾經把這拿去化驗，證實使這塊東西燒成的熔煉溫度高達攝氏一千四百度至一千五百度之間，」他吁出一口氣，嚴肅地道：「這樣的溫度，只有在冶煉場的熔爐裏，或持續多日森林大火的火源核心，才可以出現。」

凌渡宇好奇心大起，這樣的森林，在此島上，過去沒有，現在也沒有，可是這塊東西卻是鐵一般的事實，這是甚麼道理？

沈翎道：「你聽過印度流傳的一次奇特的大爆炸嗎？」

凌渡宇霍然一驚，他從沒有將這傳説中的大爆炸，和死丘連在一起。相傳在印度的遠古時代，發生了一次驚天動地的大爆炸，爆炸發出了「耀眼的光芒」，引起了「無煙的大火」、「河水沸騰」、「魚被燒焦」，爆炸後的情景更是聳人聽聞，產生了「紫白色的極光」、「銀色的雲」、「奇異的夕陽」、「黑夜中的白晝」……

凌渡宇望向沈翎，後者沉醉在這遠古的異事裏，眼中充溢着嚮慕的神情。

這時西方天際有團顫動的大黑影在空中掠過。

沈翎也看到了道：「那是蝗蟲群，又有農作物要遭殃了。」

凌渡宇回目四望，這美麗的土地，偏是多難多災，古今依然。

沈翎道：「你想到了！」

凌渡宇點頭。

這樣的爆炸，只有現今的核爆炸可相比擬，但那是在距今三千六百多年前，根本不可能出現核子爆炸。

沈翎道：「據我最初推想，可能是一塊龐大無匹的隕石掉到古城去，但那只會造成一個巨大的隕石坑，古城一點渣滓也留不下來。」

凌渡宇默不作聲，他推測到沈翎一定是有了驚人的發現，可是眼前這開採點，和古城相距數百哩，究竟有甚麼關連呢？

沈翎道：「於是我想到，可能是有一艘外太空飛來具有高度文明的宇宙飛船，經過漫長的旅航後，在古城上空爆了開來，毀滅了古城。」

凌渡宇依然沒法把這推斷和目下進行的龐大工程拉上半分關係。

沈翎道：「於是我進行了一個以古城為中心點，逐漸擴展的仔細搜查，皇天不負有心人，終於給我發現了這塊寶貝。」

他從袋中取出一塊兩吋乘兩吋的扁圓形物體，銀光閃閃，細看下又變成灰色、褐色、深黃，叫人難以肯定，不知是甚麼質地。

沈翎默默地遞過去給凌渡宇。

凌渡宇接過扁圓物體，一拿上手，怪叫起來道：「這是甚麼？為何像羽毛那樣輕？」用手一捏，有些許彈性，似乎是種有機的物質，教人難以形容。

沈翎早知他會驚怪，淡淡道：「說得好！沒有人知道這是甚麼物質，因為它從未曾在地球上出現過。」頓了一頓，臉容嚴肅起來，道：「我曾把它拿到世界上設備最好的實驗室。」

凌渡宇精神一振，靜待沈翎說出研究的結果。

沈翎看見凌渡宇期待的神情，苦笑搖頭道：「結果令人更糊塗，就是這幾個實驗室都有截然有異的結論，例如西德的一個化驗所，便說它是外太空掉下來的堅硬物質，即管核爆也不能將它熔解。另一間在華盛頓的核子研究所，卻說這可能是一種生物死去的肌肉纖維，因為那種組織不可能是無機性的。法國的一間實驗所說的最奇怪，他們說它是一種仍有生命的物體，因為它的分子，對光、熱等，都有一種奇異的反應。眾說紛紜，教我不知信誰才好！」

凌渡宇沉吟半晌，抬頭道：「有很多奇怪的地方，假設這物質確是連核爆也不能摧毀的東西，那印度史前的大爆炸，便可能是比核爆更奇異的力量造成，難道是有太空船來到地球上，卻發生了我們無法理解的意外，撞入了地殼裏？」

沈翎道：「沒有錯，就在我們腳踏之下。」

凌渡宇臉上泛起前所未有的凝重，沉聲道：「你怎知道？」

沈翎露出一個苦澀的笑容，望向晴空，緩緩道：「找到這物體後，我心中形成了一個堅強的信念，就是那艘太空船，是用非常難以毀滅的物質造成的，雖然發生故障，產生了把整個古城毀去的意外，可是它仍是安然無恙。一是修好後，飛離了地球；一是發生了不能彌補的損毀，那是我們不能想像的意外……」揚了揚手中的扁圓物體，道：「把船身造成某一程度的損傷，掉下了這東西，而飛船卻撞進了地層內。

「於是我把搜索的範圍逐步擴大，經過了差不多一年的努力，終於得到了成果，她就是在我們腳下三千米深的地方，我變賣了所有收藏和家當，籌措了達八億美元的資金，進行這龐大的計劃，不過最後仍是經費未足，其他的事，你都知道了。」

凌渡宇凝望對方，道：「你怎能知道『她』在腳下三千米的深處？」

沈翎一拍凌渡宇的膊頭，笑道：「凌，你真善忘，忘了老哥一項驚世的專長。」

凌渡宇恍然而悟。

沈翎是一個「魔叉探物者」（Dowsing），而且是最好的一個。

魔叉探物是始於中世紀時的一種奇異的技術，施術者以榛木、花楸木、柳木枝杈或分叉的金屬棒，兩手持着兩端，懸擺平胸處，探測水源、礦藏、財寶、文物，甚至屍體等隱藏的物體。

探物者緊握探桿兩叉，當收到隱藏物發出的頻振時，探物者會生出感應，肌肉不自覺地收縮、彎曲或顫震。

凌渡宇想想，道：「我知你是世界頂尖兒的探物者，以往和你出生入死時，亦多次靠你這種異能，得以死裏逃生……但……」

沈翎打斷他道：「還記得那回在撒哈拉大沙漠，我在斷水兩日後，找到地下水源嗎？」

凌渡宇笑道：「那種要命的口渴怎能忘記！」

沈翎笑罵起來，真是本末倒置，罔顧隆恩。

凌渡宇正容道：「我絕不懷疑你地底探物的能力，然而有兩個問題存在，首先，你怎能確定地底下是艘外來用同樣物質造成的宇宙飛船；其次，那是三千米下的深度，而不是數米下的流水。」

沈翎道：「沒有事能瞞得過你，我自十七歲學懂探物的異能時，積聚了無數次的經驗，發覺不同類的物體，會引致探桿產生不同的共振，甚至同是礦物，錫和銅的振動便不同，雖然只是非常微異，我卻能知道。

「於是當我找到這非地球的物質時，做了一個小實驗，實驗直接而簡單，就是把它埋在土內不同的深度，再去感受和把握它振動的頻率，結果是怎樣？你知道嗎？」

凌渡宇道：「是怎樣？」

沈翎道：「一點反應也沒有。」

凌渡宇瞠目結舌，這答案出人意表，假設一點反應也沒有，沈翎憑甚麼利用這實驗得來的知感，探測出刻下腳踏之地，藏有同類型的物質。

沈翎吁了一口氣，道：「我嘗試了足有三個多月，所有努力均告失敗，就在我最失望、最頹喪的當兒，最奇怪的事發生了。

「那是一個春光明媚的早上，我把那東西埋在土下十米的地方，一如以往，所有嘗試都失敗了，我覺得很疲倦，將魔叉探桿掛在頸項間，坐了下來，不自覺地盤膝打起坐來，通過深長的呼吸，進入冥想的境界，也不知過了多久，探桿強烈振動起來，嚇得我跳了起來，探桿停止跳動，但當我再進入冥想的境界，它又跳動起來，於是我領悟到，必須在冥想的精神境界，才能和這東西產生感應。那種感應的強烈，甚至在數哩之外，也可清楚感到，而且有非常清楚的方向感和距離感，所以我只再花了六個月的時光，便找到這地方。她在下面。」

凌渡宇拿起手上的扁圓物體，直勾勾地審視，心神飛越到太空無限的深處。

假設這真是宇宙飛船遺留下來的某部份，那他手上拿着的，就是全人類盼望了無數年代，來自另外一個文明的東西。

這東西具有令人不解的特性，能和人某一種精神狀態產生共振。

凌渡宇的眼光轉到營地中心的巨大鑽油塔去，心想，換了他是沈翎，也會去幹同一樣的事。

所有人世間的生榮死辱，比起這與天外文明的接觸，是何等地不重要。

她在下面。

沈翎的聲音傳入耳際道：「你知他們為甚麼喚我作船長嗎？」

凌渡宇愕然，這和眼下談論一艘深埋地底的宇宙飛船，又有何關係？

沈翎眼中射出回憶的神情，道：「那天我一人駕着遊艇，沿着恆河，一直駛往瓦拉納西，當時我把魔叉掛在頸部，那時我已找遍了大半個印度，還是甚麼也找不到，心中沮喪之極，幾乎便要放棄。」

凌渡宇的注意力大大提高，心中感到沈翎要說出很關鍵的事。

沈翎道：「那天天氣很好，我一邊駕船，來到了瓦拉納西，忽地迎面來了一隻小艇，艇上獨坐了一位老人，小艇幾乎擦着我的遊艇而過，我很自然望向艇上的老人，最奇怪的事發生，忽然間我甚麼也看不到，只看到他的眼睛，我從未見過如此深邃遼闊的眼神，同一時間，我感到掛在頸項的魔叉生出感應，嚇得我連忙把心神集中，進入冥想的狀態……」

凌渡宇也在沉吟，沈翎遇到的老者會是誰，心中隱約地有個印象。

沈翎的聲音提高，顯示他陷進令他興奮的回想裏，道：「我突然清楚地感覺『她』就在我的腳下無盡的深處，在我幾乎要歡呼起來時，我的遊艇撞上了岸邊供人舉行聖浴的碼頭，還傷了幾個人，幸好傷勢都不重，賠錢了事，不過『船長』之名，卻由是大振。」

凌渡宇現在反對此不感興趣，面色前所未有地凝重，眼神定注沈翎，沉聲問道：「你既然是在瓦拉納西發現了宇宙飛船藏在地底下，為何跑到這五十多公里外的地方來鑽洞？」

沈翎沉沉地道：「人類總愛以自己的經驗，去測度宇宙其他生物的經驗，例如宇宙飛船，我們總愛以我們的交通工具去比較，例如像艘最巨大的油船。」

凌渡宇截斷他道：「不用廢話，告訴我！」

沈翎道：「很簡單，魔叉清楚地告訴我，宇宙飛船橫亙在由瓦拉納西的恆河至我們現在立足之處，長度達五十多公里。」

凌渡宇不能置信地叫了起來道：「這樣的龐然大物，撞進了地層內，怎能一點痕跡也不留下來，你曾走遍整個印度，有否看到甚麼特殊的地理結構？」

沈翎道：「我明白你的感受，可是魔叉清楚地告訴我，這是事實，飛船在地底三千多米處。小淩，丟開你的人類腦袋吧！丟開你的盲目和無知，這宇宙的事比任何人能想到的更奇怪千百萬倍，『她』怎樣掉進地底，不是我們這捨月球外從未到過任何地方的『鄉下小子』所能明白的，單是這樣龐大的太空船，已不是人類能想像的了。」

凌渡宇默然不語。

或者人類最可憐的事，就是自我欺騙。整個人類文明只是活在一個充斥着無知的孤島上，在廣闊無邊的宇宙空間裏，作了一個無足輕重的極短途旅行，但我們卻要把那當作永恆，將人類變成宇宙的核心。

太多事情是我們不能想像，也不能理解的，就像太空船的體積，在人類的角度來說，那已不能當作一種交通工具，而是整個世界。

那究竟是怎樣的一個世界？

凌渡宇和沈翎頭戴鋼盔，手中拿着無線電話，不斷發出指令。

二十多方呎的井眼已開鑿出來，位於鑽台鋼塔底部正中心，粗若兒臂的鋼索，從十多米高的塔頂，通過一個定滑輪，把鑽杆緩緩吊下來，伸進井眼的巨大套管內。因應升降機的裝設，套管是特別訂製的，比一般常用的要大上七至八倍。因應這比例，同時用上了三個鑽頭。

總工程師英國人艾理斯，指導着工人把泥漿管的一端裝嵌至套管，泥漿管的另一端，早接駁着鑽台旁的泥漿池，只要啟動泥漿泵，開動捲軸，水泥漿會通過漿管，壓進套管和井壁間的空隙，使水泥形成一個密封環，這是固井的必要步驟。

二百多工人非常戮力地工作，沈翎給他們的工資，是一般的兩倍之上，他們怎能不賣命。

沈翎渾身濕透汗水，氣呼呼地走近淩渡宇身邊道：「怎麼樣？」出奇地興奮。

淩渡宇笑道：「才是剛開始，你根本不是開採石油，每件裝置都不依常規，我看他們的表情，並非那樣樂觀。」

沈翎道：「甚麼困難的事情我未遇過，我訂購了大量作打地洞用的炸藥，文的不成來武的，掘個洞也不成？」

淩渡宇道：「你倒說得有點道理，這裏看來暫時不需要我，我想往瓦拉納西打個轉。」

沈翎道：「去吧！不過要小心點。」

凌渡宇知道他顧忌王子，哂道：「這句話你向自己說吧！」說到這句話時，他已向爬下鑽油台階梯的方向走去。

沈翎在他身後高聲呼道：「今晚回來嗎？」

凌渡宇高叫道：「不回來了！我訂的氧氣呼吸系統今天會運來，你代我收貨吧！」

三小時後，凌渡宇駕着他的吉普車，來到聖城瓦拉納西上次度宿的大酒店。

他將車交給了酒店的侍應，悠閒地步入酒店的大堂，右手挽着個公事包，來到服務櫃枱前。女服務員滿臉笑容地幫他辦理入住的手續。

凌渡宇一邊和女服務員有一句沒一句地調笑，眼尾的餘光恰好捕捉到四名纏頭的大漢，先後從大門進來，散往不同的位置，形成對他的監視網。

凌渡宇心中嘀咕，事實上一進城來，他便發覺到給人跟蹤，照理王子答應了不弄鬼，不會這樣明目張膽，勞師動眾地追躡他。難道這是另一幫人？

訂好了房間，侍應引領着他往十八樓的一八零三室。

凌渡宇神態自若，這還不是對方動手的時刻。

給了賞錢後，侍應離開，剩下凌渡宇一個人。

凌渡宇微微一笑，打開公事包，拿出一套印度人的便服，迅速換上，跟着把頭髮纏上包布，黏上鬍子，再在臉上貼上幾塊人造肌肉，在臉上抹了一層使皮膚轉黑的膚油，立時脫胎換骨，變成個五十多歲、道地的印度人。

這些都是在新德里購買的，現在派上了用場，他有個約會，要保持秘密行事，化裝成印度人是唯一的方法了。

他不能這樣由正門外出，他敢打賭門外跟蹤他的大漢正虎視眈眈。

凌渡宇走到窗前，其中一扇窗是活動的，不過卻上了鎖，當然難不倒他這個開鎖專家，不到半分鐘，鎖孔傳來「的」一聲輕響，被他插入的鋼絲打了開來。

他把窗門打開，待要探頭往外細察，房門剛好傳來開鎖的聲音。

凌渡宇當機立斷，一個虎步跳了回來，閃入浴室去。

門被推了開來。

凌渡宇再不猶豫，利用兩腳的撐力，迅速爬上了浴室門的頂部，除非來人進浴室，否則從門外看進來，是看不見他的。

一陣凌亂的腳步聲衝進房內。

是七、八名大漢湧了進來，門外還不知有多少人。

有人驚呼道：「他由窗門逃走了！」

凌渡宇感到腳下有人撲進來，又退了出去，叫道：「浴室沒有人！」

此人胸中早有成見，沒有望向在近門的天花上懸撐着的凌渡宇。

七八名大漢退出房外，跟着震天的敲門聲，從左右傳來，這批人必定平日橫行霸道，居然逐房搜查起來。

有人在門外道：「追！」

腳步聲分向升降機和太平梯的方向去了。

無線電話的沙沙聲響起，聲音傳來道：「點子逃了，守着大門。」

凌渡宇心中暗笑，躍了下來，閃到打開的房門，向外窺視，恰好見到幾名大漢的背影，正在隔鄰第五間房子拍門。

凌渡宇鬼魅地閃了出去，佝僂着身體，大模廝樣向他們走去，實行以進為退。

大漢們驚覺回頭。

凌渡宇大聲以印地語咕噥道：「甚麼事？神的兄弟！」他這句話是從那聖者學來，似模似樣。

其中一名大漢怒目一睜，喝道：「我們是警察，不關你的事，快走！」

凌渡宇裝作畏怯地低下頭，急步往升降機走去。

轉了一個彎，升降機前守了兩名印度大漢，兇光閃閃。

凌渡宇一邊回頭，一邊嚕嚕囌囌抱怨道：「這樣兇惡的人，我要向酒店投訴。」

兩名大漢完全沒有疑他，喝道：「是警察追捕疑匪，快些走，否則告你阻差辦公。」

凌渡宇聳聳肩胛，這時剛好門開，凌渡宇暗叫謝天謝地，走了進去。

大堂處有十多名大漢，目光灼灼地監視着進出的人客。

凌渡宇施施然混在其他人中，走了出外。步伐加快，他估計目下還是在危險中，敵人的行動非常有組織，是一流的好手，當他們冷靜下來後，會發現他遺下的衣服和易容藥品，從而推測到他的身上。

他在街角截了輛計程車，說了地點，計程車開出。

司機非常健談，喋喋不休地向他介紹聖城各種好去處。

最後車子在恆河旁的一座大廟停了下來。

凌渡宇付了車資，走下車子，沿着恆河漫步，行人比那天聖河節，至少減少了八成，兼且此處地方偏遠，只有三三兩兩的遊人。

人減少了，牛卻明顯增加，聯群結隊地四處散遊，似乎牠們才是大地的主人。

四周逐漸昏暗下來，太陽在西方發射出半天暗紅的夕照。炎氣稍減。河水裏間中仍見有人在作聖河浴，祈禱的聲音，交織在一起，另有一股莊嚴肅穆的氣氛。

凌渡宇輕鬆地走着，心中有種出奇的喜悅，無慮無憂，幾個星期的辛苦，至此被拋諸腦後。

未來充滿希望，假設真能抵達地底深處的宇宙飛船，接觸天外的文明，即管有生命危險，然人生至此，夫復何求。朝聞道，夕死可矣。

他忽地想起恆河來，這條印人為之瘋狂的河流，為何有這樣大的魔力？

假設恆河昔日不是真的曾有治癒傷病的神力，為甚麼她能千百年來把遠在千里外的人吸引來？

現在呢？污濁的河水，只能予沐浴的人更增染病的可能性。為甚麼會這樣？

凌渡宇在另一座神廟前停了下來。

神廟的石階層層高起，引領至氣象萬千的神廟正門。

神廟的燈光亮了起來，與夕陽爭輝。

恆河的水光把兩者公平地反照。凌渡宇抵達印度後，首次感到這古典的浪漫。

他沿着石階拾級而上，走了一半，一個嬌美的身形迎了下來。

凌渡宇迎上去，促狹地一把抓着對方輕軟的纖手，拉着她往下走去。

對方掙了兩下，任由他拖着，輕聲抗議道：「別人會認為你是個老色狼。」

凌渡宇笑道：「大小姐，我的化裝一定很糟糕，否則為何你一眼把我認出來。」

海藍娜道：「你走路的姿勢很特別，別人要冒充也不能。」

凌渡宇道：「那一定是很難看。」

海藍娜衝口道：「不！」

凌渡宇大樂，笑道：「多謝欣賞！」

海藍娜臉也紅了；嗔道：「你這人……真是的……」

凌渡宇拉着她在石階旁一隱蔽處坐了下來，海藍娜抽回她的手。

他們面對恆河而坐，像對蜜戀的男女。

凌渡宇道：「剛才差點不能赴約。」

海藍娜以詢問的眼光望向他。

凌渡宇道：「數十名大漢追捕我。」

海藍娜道：「是甚麼人？」

凌渡宇聳肩攤手，表示不知道。

海藍娜神色很不自然，垂首道：「對不起！」

凌渡宇訝道：「為甚麼要說對不起？你知道他們是誰嗎？」

海藍娜緩緩點頭，泛起擔憂的神情，道：「他們是王子的人。」

凌渡宇愕然道：「你怎知是王子幹的好事？」

海藍娜道：「王子一向對我很有野心，多次向父親提親，逼我嫁給他，每次也被堅決拒絕，使他暴怒如狂。你知嗎！父親在印度黑白兩道是元老級的人物，備受尊崇，只有我這個獨女，王子不敢拿我怎樣，卻誓言會對付任何追求我的人……結果你也可以想像得到。」當然令所有愛惜生命的人望而卻步。

凌渡宇氣得詛咒起來，這樣的惡人，亦屬罕有。自己得不到的，亦不許別人得到。海藍娜無論樣貌財富，都是上上之選，難怪王子垂涎。得到海藍娜，王子將勢力大增，有助大業。殺了王子，一石三鳥，既對雲絲蘭、海藍娜有利，又免去找尋飛船的障礙，唯一要顧慮的，是如何避過對方的報復。

海藍娜續道：「父親曾多次與王子交涉，王子以愛我為藉口作擋箭牌，弄得父親拿他沒法，這事仍在僵持中。」

凌渡宇問道：「這和王子找我有甚麼關連？」

海藍娜俏臉一紅，道：「那次我在酒店餐廳設宴款待你，竟然逃不過他的耳目，昨天他怒氣沖沖找上賭場，質問我找你作甚麼，我當然不能將真正的原因告訴他，他……於是……以為我喜歡上你，怒稱要將你碎屍萬段……」

凌渡宇自嘲道：「這才冤枉，假設你真是愛上我，那也有點犧牲價值，像現在……嘿！」

海藍娜急聲道：「不！」垂首道：「你和沈翎都是真正的君子和超乎

凡俗的好漢，我很欣賞和喜歡你們，只不過我心中另有目標，不再追求世間那短暫的愛情。」

淩渡宇不解地審視她清美的俏臉。

海藍娜忽地抓着他的手，像下了個重大的決定，站起身道：「來，帶你去見一個人，見到他後，你會明白一切。」

淩渡宇隨着她站起來。

海藍娜拉着他的手，走下石階，沿着恆河往東走去。

儘管玉手緊握，心中沒有半點綺念，他感到海藍娜並不似一般的女性，人類兩性的愛，對她只是一種褻瀆。

遠處傳來廟宇的鐘聲，令人聽之悠然，心神平靜。

在暮色裏，行人稀少，只有牛群安寧地徘徊岸邊，以牠們的方式，享受恆河旁的祥洽。

淩渡宇輕呼道：「蹲低！」

兩人剛好來到十多隻牛形成的群隊裏，這一蹲低，牛群把他們掩護起來。

海藍娜相當機靈，眼光搜索下，看到幾名纏頭、身穿筆挺西裝的大漢，由左側遠處向他們的方向氣勢洶洶地走來，一邊走一邊張望，顯然在尋人。

凌渡宇輕聲道：「他們真有本事，這麼快找到這裏。」那幾名大漢是從他下計程車的方向走來，很可能是找上了載他來此的計程車司機，王子的實力確是非同小可。

海藍娜湊在他耳邊道：「我的快艇泊在前面不遠的碼頭處，可是怎樣走過去？」

一離開牛群，再沒有掩蔽行蹤的方法。

凌渡宇心念電轉，轉過臉來，由於海藍娜俏臉緊貼在他耳際處，他這樣移動，嘴唇恰好碰上她豐潤的香唇，凌渡宇忍不住啜了一下，海藍娜嗯的一聲，欲拒還迎，在此刻敵人環伺中，倍添香艷刺激。

凌渡宇一碰即離，湧起輕微的罪惡感，一方面侵犯了清雅的淑女，另一方面好像做了對不起沈翎的犯罪行為。這是有意為之，不像當日搜身時撫摸她玉體的迫不得已。

海藍娜把俏臉垂到胸前，恨不得找個地洞鑽了入去，耳根紅了起來。

凌渡宇強制着自己怦然大跳的心臟，湊在她耳邊道：「我往回走，當敵人追趕我時，你立即取快艇，繞回頭來接我，切記！」

海藍娜點頭表示明白。

凌渡宇掏出手槍，向着天空「轟」地開了一響空槍。

四周的牛群立時產生反應，受驚猛跳起來，開始向四方亂竄。此時附近並沒有其他的人，不用顧慮誤傷無辜者。

凌渡宇乘勢向後轉身奔去。

大漢們驚覺叫道：「在那邊！」

另一個大漢驚呼一聲，給衝來的牛群撞個正着，滾倒地上。

牛的狂亂蔓延開來，附近的牛騷動起來，分作幾群向不同的方向跑去，凌渡宇知道這些牛野性不大，儘管現在聲勢浩大，混亂的局面會很快平復下來。

凌渡宇藉牛群掩護，迅速向海藍娜相反的方向沿海跑去。

一邊走，一邊伏低蹲高，藉着牛群遮擋，時現時隱。

幾名大漢發力追來，可是要躲避橫衝直撞的牛群，和凌渡宇由二十多碼拉遠至四十多碼的距離。

凌渡宇狂奔了一會，離開了竄走的牛群，他估計大漢們的人數一定遠不止此，只是分散成小組來搜尋他，目下他暴露了行藏，一定會惹得遠近的人趕來圍截。

轉念未已，迎頭已有十多名大漢向着他飛奔過來。

凌渡宇正猶豫應否改變計劃，自行逃走，耳邊傳來快艇的響聲。

凌渡宇大喝一聲，一下衝到岸邊，凌空一個翻身，恰好落在海藍娜駛來的快艇上。

海藍娜歡呼扭轉，快艇斜斜切往對岸，至河心時一個急轉，往回頭駛去。

凌渡宇望向艇後，暴怒如雷的大漢無意識地沿岸追來，不一會變成不能分辨的黑影。

海藍娜專心駕駛。

凌渡宇坐在艇後，經歷着整個月來前所未有的鬆弛。他為人灑脱，很容易將煩惱事情拋開，從月魔的決鬥裏（見《月魔》一書），他學會了快樂的真諦：

那就是沒有過去，沒有將來，只有現在這一刻。

現在這一刻，就是眼前的一切：海藍娜優美的背影、入夜的恆河、沿岸的燈光、閃動的河水、清新的空氣、瓦拉納西、印度。

不用憂懷以往，不用擔心茫不可測的將來，全心全意投進這一刻內。

快艇貼着河面急飛四十多分鐘後，在一個木搭的碼頭徐徐停下。

一切是那樣悠閒。

碼頭旁密佈高大的楊樹，樹頂處濛濛地一暈燈火，隱約看到廟宇的尖頂，照比例看來，這大廟比他這兩星期內所見的廟宇，更為宏偉壯觀，廟後山勢起伏，氣勢磅礡。兩人棄艇上岸。

連接着碼頭是條碎石砌成的小路，曲徑通幽，繞進樹林密處，每隔上一段距離，豎立了一支照明的路燈。

海藍娜和淩渡宇並肩前行，感染到整個環境那深靜致遠的氣氛，兩人靜行不語。

大廟在快艇看去，似乎很近，可是兩人足足走了差不多半個小時，才來到神廟前的廣場。

淩渡宇深深吸了一口氣，有點瞠目結舌地凝視着眼前神廟的入口。

這不是一座普通的神廟，而是從一座大石山，經歷無數世代，開鑿出來的大石窟寺。寺廟高達六十多呎，大廟入口處的上下四周，鑿着密麻麻的宗教半立體浮雕，莊嚴肅穆，感人心魄。

廣闊的石階，層層升進，延展至石窟寺正門入口的八條渾圓粗大的撐天石柱。

凌渡宇問道：「這是甚麼地方？」

海藍娜道：「聖河寺，來吧！」

海藍娜帶路先行，步上石階，氣象萬千的廟門前，聚集了十多個全身素白僧衣的僧人，見到海藍娜合十施禮。

凌渡宇跟着她走進大殿，忍不住輕呼起來道：「真是傑作！」

廟內的空間更是廣闊，足有大半個足球場的大小，廟內正中處是個圓柱體的大佛塔，塔底作蓮花座，筆直豎起一支大圓柱，直伸往廟宇五十多呎高的頂部。

向廟門的牆壁，供養着一座三十多呎高的大佛石雕，右手掌心向外，左手垂地，作「施無畏印」，眼簾半閉，使人清楚感受到佛像內在純淨超然的世界。

其他牆壁，滿是浮雕，形成豐富多姿的肌理。

千百支香燭，一齊燃點着，香氣盈溢，煙霧騰起。

凌渡宇道：「我以為你是屬印度教的？」

海藍娜嚴肅地道：「我是印度教的一個新興的流派。」

凌渡宇訝道：「這是佛教的寺廟呀？」

海藍娜正容道：「無論是甚麼教，目標也是超脫生死的桎梏，來吧！他在裏面。」輕移蓮步，向大佛像走去。

大佛像和靠壁間原來還有十多呎闊的空隙，佛座的底部雕滿較小的佛像，精微處令人嘆為觀止。

虔誠的信徒，終其一生，硬生生把一座石山開鑿為這樣的驚人巨構，使人驚嘆。宗教的力量確是龐大無匹。

佛座後的牆壁雕着一個有連續性的佛經本生故事，敘述釋迦過去轉世輪迴的事蹟。

凌渡宇道：「人呢？」

海藍娜微微一笑，伸手往一個石雕按去，隆隆聲傳來，一道門戶打了開來，現出一條長長的秘道，燈光隱約傳來。

兩人進入秘道。石門在身後關起來。

海藍娜低聲道：「這是僧侶戰亂時避難的地方。」

兩人往內走去，不一會來到一個燈火通明的石殿內。

石殿的正中供奉着另一座石佛，比外面的石佛小得多，只有十二呎上下的高度，雕工精美，表情生動。

牆壁上有一排排凹進去的方穴，每個方穴都放了一個大瓷瓶，看來是放置人骨的靈。

海藍娜解釋道：「放的是歷代住持的舍利子。」

凌渡宇哦了一聲，更是不解海藍娜帶他來這裏的原因。

一個寬大平和的聲音從石像後傳來道：「你不明白嗎？」說的是他熟悉的藏語。

凌渡宇自然地搖頭，跟着愕然大駭，難道這人能看清楚自己腦內的念頭？

石像後一個高大的身影轉了出來。

雪白的頭巾，雪白的袍服，棕黃的鬚髯，透視人心的閃亮眼睛。

是他，那天初進瓦拉納西時，在路上遇到的那充沛着奇異力量的老人——蘭特納聖者。

無論赤身裸體，又或像刻下的衣袍如雪，都不減半分他懾人的威儀。

凌渡宇望望他，眼光又在表情崇敬的海藍娜臉上打了個轉，恍然道：「原來聖者就是大小姐代表的人。」

蘭特納聖者盤膝坐了下來，道：「坐吧！靈達的兒子！」

凌渡宇幾乎跳了起來，啞聲道：「你怎麼會知道？」他的出身是絕對的秘密，連他所屬的抗暴聯盟以及親密的女朋友卓楚媛亦不知道。

海藍娜坐了下來，剩下凌渡宇一人愕然站立，一面難掩的驚訝。

蘭特納聖者道：「人世間的秘密只存在耳目間的層次，在我和靈達間，是沒有秘密可言的。坐下吧！兒子。」

凌渡宇盤膝坐下，望着這充滿異力的聖者，不能言語。

蘭特納的話，指的可能是人類自有歷史以來，便談及的「心靈傳感」能力。

這種能力，幾乎已可以百分之百肯定其存在的力量，只不過一般人，只有在極端的情況下，才能運用上這類異力。例如一位身在美國的母親，突然間無緣無故地聽到兒子的慘叫聲，而事實上，後者確在那一刻於萬里之外的澳洲，車禍慘死。

這種力量存在於每一個人身上，我們卻不懂怎樣去運用。就像你把電腦給予一個仍在爬行的嬰兒，他連開掣也不懂，功用無限的電腦有等於無。

蘭特納聖者說的，又更遠遠超越了先前所說那種偶一用之的能力，而是一種心靈的交通，不為距離所限制。

凌渡宇天生已有這種傳感能力，但比之眼前的老人，只像小學生遇上鑽研了一生的老學究。

蘭特納聖者微微一笑，道：「你明白了！」

凌渡宇點頭道：「是的！聖者。」這個稱呼大異從前，充滿着對智者的尊敬。

蘭特納聖者道：「你和你的朋友，在進行一個驚天動地的計劃，我知道了！」

凌渡宇訝道：「她告訴你嗎？」望向海藍娜，她閉上雙眸，面相莊嚴，像降下凡間的觀音。一道靈光閃過凌渡宇，令他叫起來道：「我明白了，那天沈翎在恒河上遇到的艇上老人，就是你，是你觸發了他，使他找到了飛船！」

蘭特納聖者點頭道：「你明白了，時間無多，我不能不有所行動。」

凌渡宇訝然望向老人。

蘭特納聖者緩緩道：「祂的呼喚愈來愈急切了，我沒有一刻聽不見。」

凌渡宇訝道：「祂？」

蘭特納聖者眼中柔柔地閃着正大安和的光輝，道：「是的！祂！你們和我的目標一致，都是響應祂的呼喚，去找尋祂，只不過你和我的思想方式不同吧。」

凌渡宇問道：「祂是誰？」

蘭特納聖者臉上綻出個陽光般的慈祥笑容，道：「祂並不是誰，而是

『獨一的彼』，印度教至尊的真神，便像西方人崇信的上帝。我和祂連結在一起時，聞到死亡的氣息，你們要趕快了，現在到了刻不容緩的時刻，這也是我要見你的原因。」緩緩站起身來。

凌渡宇霍地站起來，向着背轉身離去的老人呼叫道：「你還未告訴我事情的始末！」

一直以來，他們說話的聲音都是非常低沉，這一高聲呼叫，空曠的石殿立時響起震耳的回音，聲勢嚇人。

蘭特納聖者向着佛像後的牆壁走去，一直到了牆壁前，才停了下來，頭也不回地道：「到了那裏，一切都會揭曉，我所知和你所知的，都不是完備的，說來只會增加困惑，記着！要快。」伸手往牆上按下，隆隆聲傳來，光滑的牆壁裂開一個進口。

凌渡宇不忿地道：「你不是要下去一看嗎？」

蘭特納聖者道：「適當的時候，我自然會出現。」言罷步進秘道裏，石門關上，牆壁回復光滑平整。

凌渡宇想道：「『獨一的彼』？這和宇宙飛船有甚麼關係，難道指的是船內的生物，祂還未死亡？」想到這裏，打了個寒噤。

一直以來，他和沈翎心中想的只是去地層內找一艘失事墮下的飛船遺蹟，或飛船內異星生物的遺骸，從沒想過那種生物仍能活着，就如往海底一條沉船內打撈寶物，從沒有想過沉船內仍有活人一樣。

海藍娜來到他身邊道：「你在想甚麼？」

凌渡宇苦笑道：「不要問，我不敢想。」跟着接口問道：「你和他是甚麼關係？」

海藍娜眼中散發着敬慕的神色，正容道：「聖者是我所屬『彼一教』的開宗大師，這三十年來，一直隱身在洞穴內，閉關禪坐，只喝清水，教務全由他的弟子主持。他在印度教內，地位超然，即管橫行霸道如王子，也不敢拿他怎樣。」

凌渡宇皺眉道：「這真是奇怪至極點。」

海藍娜道：「我們也很奇怪，六個月前出關後，他召我前去，這之前他從不認識我。我記得那天他向我說了一些非常怪異的說話。」

凌渡宇好奇心大起，追問道：「甚麼話？」

海藍娜露出疑惑的神色，回憶道：「他說『生命的機緣終於由死滅帶來，你的賭場將有兩位貴客光臨，他們負有特殊的使命，你要助他們完成』。」

凌渡宇道：「你怎知是指我們？」

海藍娜道：「我也不知道，只知碰見你們時，就像有個聲音在心內告訴我：是他們了。」

凌渡宇愕然。原本離奇的事，現在更蒙上一層神秘莫測的色彩。

海藍娜茫然道：「現在應該怎麼辦？」

凌渡宇道：「我要你幫我一個忙。」

海藍娜點頭道：「説罷。」

淩渡宇道：「我要立即秘密起程往新德里，好好地教訓王子一頓。」

海藍娜瞠目結舌，不知怎樣反應。

王子勢力遍及全印度，他不來惹你，是上上大吉，遑論去教訓他一頓了。

雲絲蘭不施脂粉，穿着輕便的恤衫牛仔褲，戴上遮陽鏡，走進新德里的一座百貨場內。她敢擔保沒有人可以認出她來。

叫賣的聲音，討價還價的聲音，鬧成一片。

她漫無目的地繞了幾個圈，來到東面的入口，這是淩渡宇和她約定的地方。

苦候了足有二十分鐘，一個印度大漢迎面走上來道：「大明星！給我的女兒簽個名好嗎？」

雲絲蘭嚇了一跳，定睛一看，拍着胸口道：「差點嚇壞了我，估不到你的印度話說得那樣好，難怪王子的手下眼白白地被你逃了。」

凌渡宇道：「來！到貨車去。」

雲絲蘭訝道：「貨車？」已給凌渡宇一把拖着往前走，直出商場，在街上走了十多分鐘，來到一輛貨車前，兩人坐上車頭，貨車開出。

貨車在城市內穿插，這是市中心的區域，沿途看到大大小小的草地和廣場，街道寬闊，擠滿了行人。

凌渡宇往市西北的商業區駛去。不一會抵達著名的康諾特圓市場，由兩層白色樓房，組成一個大圓盤形的結構，樓房兩面都是各類型的商店，圓盤內圈直徑達六百米，一座別致的花園位於中央，碧草清池，繁花茂樹。商店門外都有廊柱，相互連接成一條圓形走廊，是避開印度的炎陽和無常的季候雨一個理想的去處。

大街上人流如雲，汽車如鯽。

凌渡宇把貨車停在街角，拉上遮蔽車窗的布簾，轉過身來，剛好迎上雲絲蘭期待的眼光。

不施脂粉的雲絲蘭，另有一番清麗的美態，淩渡宇忍不住俯身過去，輕輕一吻，當作見面禮。

雲絲蘭笑臉如花，輕輕道：「你約我出來，不會只是為了這個吧？」

淩渡宇瀟灑地聳聳肩胛，道：「只是為這個，也無不可，但你也不會只是為了這個，而出來見我吧？」

雲絲蘭俯身過來，擁着淩渡宇深深一吻，喘着氣道：「我們找個地方，好不好？」

淩渡宇嘆口氣道：「這是最安全的地方，現在我想你把王子所有的事告訴我，盡可能地詳盡，特別是他的敵人，知道的都說出來，甚至你認為無關痛癢的事，也可能是關鍵所在。」

雲絲蘭坐正身子，想了一會，開始說起來，淩渡宇只在骨節眼上問上兩句。

當雲絲蘭說到王子從事的犯罪活動時，他特別留神，不斷詢問其中的細節。

雲絲蘭說及王子的毒品買賣，道：「王子原本決定了不沾手任何毒品買賣，怕失去部份政客的支持，因為即管在黑社會裏，毒品也被視為不光采的惡行，可是毒品的利潤實在太龐大了，錢能驅神使鬼，一個名叫達德的大毒梟乘勢崛起，逐漸控制了北印度的市場，勢力向四方八面膨脹起來，王子見勢不妙，向達德施加壓力，經過了幾次大火併，達德處於下風，迫得將本地的毒品發行權讓給了王子，而他則負責國際線的毒品販運，達德在東南亞收集毒品，賣給王子，再由王子加以提煉後分配往本地的拆家。」

凌渡宇插口道：「目前兩人的關係怎樣？」

雲絲蘭道：「外弛內張，達德性情暴戾，兇殘尤過王子，只不過王子的勢力上達政府、下達黎民，蒂固根深，故此達德敢怒不敢言，不過我從王子的手下處，知道達德不斷招兵買馬，等待一舉殲滅王子的機會。當然！王子亦非善男信女……」

凌渡宇道：「你有沒有方法偵知雙方毒品交易的時間和地點？」

雲絲蘭微笑道：「你算是問對了人，我一向非常積極留心他毒品的交收買賣。」她的笑容洩出一絲苦澀的味道，使凌渡宇感到要得到這方面的資料，她付出了一定的代價，本錢自是她的色相無疑。

凌渡宇憐惜地道：「我要知道近期的最大買賣，愈是大宗愈好。」

雲絲蘭指着貨車對正的康諾特圓市場道：「明天正午，雙方將會在此有宗大交易。」

凌渡宇微笑道：「這便夠了！」想了一想，問道：「告訴我交易的方法和形式，假如可能，我甚至希望知道他們今次交易毒品的類型、包裝毒品的方法。」

雲絲蘭道：「達德有個很奇怪的習慣，也很迷信，喜歡把毒品藏在

《吠陀經》內，認為這會給他帶來幸運，這是王子告訴我的。」

凌渡宇沉思道：「若要掩人耳目，應該是市面流行的版本，希望這次《吠陀經》也會帶來幸運，不是帶給他，而是帶來給我！」

次日。

上午十一時四十四分。

康諾特圓市場是新德里市西北區的中心，九條馬路從圓市場伸向四面八方，路旁高樓直插雲天，銀行、百貨公司、書店、大企業林立路旁。

兩輛外貌毫不起眼的日本房車，從西面的大路駛至圓市場。

市場內非常擁擠，本土人外，不少是慕名而來的遊客。

達德與王子約定在這裏交易，就是貪此處四通八達，即管有意外發生，逃走也非常容易。

日本房車停了下來，四名大漢從先至的房車走下來，其中一人手上提着個上了鎖的公事包。

四人下車後毫不停留，進入市場內。

每輛車都留下一人看守，負起把風接應的任務。

後一車下來的四名男子，他們和先行的四名男子保持着一段距離，負起護送的責任。他們並不懼怕警察，警方中有他們的線眼，一舉一動均不能瞞過他們。這只是例行的安全程序。一邊行，一邊以無線電話和市場外兩輛車保持聯絡。

他們奉達德之命，和王子的手下進行交易。早一陣子國際上風聲很緊，很久沒有這樣大宗的買賣了。

先行的四名男子轉入了圓市場著名的圓形廊道。

行人如鯽，氣氛熱鬧。廊道旁的商店貨物齊全，顧客盈門。

一切看來毫無異樣。

先行的四名男子，把提着公事包的男子護在中間，以穩定的步伐，沿着圓廊步行。正在這時，人影一閃。

大漢們都是一流好手，立時驚覺，不過比起來人的速度，他們已慢了一步。

那人由廊道內圍撲出，一下子切入四人之間，閃電般來到提着公事包大漢的左側。

提着公事包的大漢待要探手入上衣內，下陰已被一下膝撞擊中，腰還未彎下，兩眼給對方以叉開的手指插中，整個人仰跌的同時，手中一輕，公事包給劈手搶去。

後面的大漢大驚撲前，那人把搶過來的公事包迎頭向他揮去，大漢舉手一擋，腳眼處一陣劇痛，似乎給堅硬的鐵器猛撞，立時失去平衡，向前倒仆，直至跌在地上，還不知給人用甚麼東西襲擊。

這時前面先行的兩名大漢回身撲來，偷襲者不退反進，以令人難信的速度，箭矢般在兩人的空隙間突圍，一下子衝進了人堆裏，兩名大漢這時才看到對方是個身穿印度袍服的大漢，腳下着安裝了滑輪的雪屐，在密麻麻的人群中左穿右插，滑行遠去。兩人狂叫一聲，發力追去。

後面的大漢發覺有異，亦死命追來。

氣氛一時緊張到極點。

公事包內是價值達千萬美元的高純度海洛英，絕對不能容人搶去。

偷襲者以高速向東方的出口滑去。

追趕的大漢們不愧好手，雖異變突起，眼看追之不及，臨危不亂，連忙以手上的無線電話通知在市場外把風的兩輛車。

驚叫聲此起彼落，追逐在群眾中產生極度的慌亂，紛紛避進商店裏，整截圓廊亂成一團。

偷襲者身形消失在東面的出口處。

大漢們狂奔至出口時，齊齊舒了一口氣，停下步來。

他們的兩輛車，打橫攔在出口處。失去的公事包，提在他們一方的另一個大漢手內。

奔來的大漢道：「人呢？」

提着公事包的大漢道：「他奔到出口時，我們剛剛趕到，我和阿均撲了下來，他大驚下拋低公事包，在人群中逃走了，阿均追了上去。真氣人，若非這麼多行人，看我一槍把他了結。」

另一名大漢拿過公事包，看了看完好無恙的鎖，道：「小心點，還是查看一下。」

有人取出鎖匙，把公事包打開了一條縫，旋又合上，點頭道：「沒有問題！」上好了鎖，道：「快！交易的時間到了。幸好王子的人還未到。」

王子的面色要有多難看就多難看。

公事包在他的辦公桌面打了開來，挖空了的《吠陀經》全給打了開來，枱上放滿了以膠袋密封的白色粉末。

一張條子放在桌面，以梵文寫着：「王子：你的死期到了。」

王子大發雷霆，一掌拍在桌上，喝道：「全是飯桶，一千萬美元換回來不值三元的麵粉，正蠢才！」

雲絲蘭走到他背後，安慰地為他按摩肩膊的肌肉，王子繃緊的臉容才鬆了一點。

他的面前站了戰戰兢兢的十多名手下，其中負責毒品生意的科加那道：「這幾年來我們都是這樣交易，誰估到達德會忽然弄鬼？」

王子陰陰道：「為了錢，這些年來，有哪一天他不想取我而代之！」

另一個手下彌日星同意道：「上星期警方緝獲的一批軍火，據說就是達德訂購了的，可知他是處心積慮要作反的了。」

王子的眼光望向一個五十多歲、戴着金絲眼鏡、身材瘦削、有點像大學教授的男子倫貝道：「你怎麼看？」

倫貝是王子的軍師和智囊，對他有很大的影響力，聞言不慍不火地分析道：「照理達德的性格雖然暴躁，卻是非常精明厲害的人，他若要對付我們，一定會以雷霆萬鈞之勢，以迅雷不及掩耳的手法，打擊和削弱我們的力量，而且第一個目標一定是王子殿下。」

眾人一齊點頭。

王子緩緩道：「這些麵粉和字條又怎樣解釋？」

倫貝胸有成竹地道：「這可能是他內部的問題，手下出賣了他也說不定，總之我認為必須把事情弄個清楚。」跟着嘿嘿一笑，道：「達德對我們的企業有狼子野心，路人皆見，不過這還不是動手的適當時刻。」

王子沉思片刻，抬頭時眼神回復平日的冷靜，道：「你說現在應做甚麼？」

倫貝道：「我們給達德撥個電話，甚麼有關毒品的事也不要說，只說王子殿下要和他會面，假設這事不是由他弄出來的，他一定全無防備，那時可以當面和他解決這件事。」

王子道：「好！就這麼辦！」向身後的雲絲蘭道：「給我撥電話。」

大鐵閘向左右兩旁縮入。

兩輛裝滿大漢的美製大房車，當先從王子的華宅駛了出來。

接着是王子銀白色的勞斯萊斯，後面跟着另兩輛大房車，頗有點出巡的味道。

車隊轉入街道的右方，向着總統府的方向駛去。

王子和倫貝兩人坐在勞斯萊斯的後座，神態輕鬆，倫貝的估計沒有錯，電話中的達德語氣如常，立時同意在新德里大酒店的咖啡室內，恭候王子的大駕。

每次坐在車內時，王子都感到舒適安詳，這並非車內的華麗設備，而是這輛車是特製的保安車，車廂是用三層的裝甲車的甲板嵌成，足可抵擋一般武器，甚至榴彈和小型火箭炮的襲擊。

車隊來到一個十字路口的紅燈前，停了下來。

王子心想：「異日重建帝國，駕車出巡時，所有這些交通燈都將對我不起作用。」一想到這裏，不禁悶哼一聲。

就在這一刻，身旁的倫貝全身一震，望向左方。

王子順着他的眼光自然望去，面色一下子變得煞白。

一切來得像個噩夢。

一輛大貨車從右線切過馬路，筆直向他的車以高速衝過來，車輪和路面擦得吱吱作響。

貨車在王子眼中不斷擴大，他的腦海空白一片。

反應最快是王子的保鑣兼司機，一看勢色不對，條件反射地一腳踏上油門，將輪盤拚命扭向左方，車子一彈一跳，向左方的行人路剷上去。

貨車剛好衝到，一下子猛撞在車尾，把王子的勞斯萊斯撞得整架打着轉向外飛去。這反而救了王子一命。

貨車隆一聲爆炸起來，爆出一天火燄，貨車衝勢不止，它撞上王子車尾時已失去了平衡，這時一個翻側，壓在緊跟王子車後的大房車頂，再是一連串爆炸，烈燄沖上半天。大房車和貨車一齊燃燒起來。

四扇車門推開，車內的大漢滾了出來，有兩人身上着了火，在地上不斷滾動，希望將火壓熄。

車隊頭尾的人紛紛跳下車，有人拿起滅火筒，向燃燒着的貨車和房車噴射。

「轟！」貨車再發生一下激爆，救火的大漢在火屑四射下，被氣流帶得跌了開去，一時間再沒有人敢靠近焚燒着的貨車了。

王子被手下從勞斯萊斯拖出來時，面額淌着兩行鮮血，雖是輕傷，形相非常猙獰可怖。

王子咬牙切齒道：「幹這事的人呢？」

手下大將科加那道：「貨車衝上來前，我們看到有人從司機位跳了下來，從對街逃了去。」

王子臉上肌肉跳動，狠聲道：「達德！我要把你斬成一千塊，少了一塊我就不是王子！」

四周的手下不寒而慄，他們從未見到王子這樣狂怒。

達德坐在咖啡室內，悠閒地呷着咖啡。

坐在他右方的得力手下馬勒夫道：「不知今次王子約老總你見面，是為了甚麼事，難道我們秘密囤積軍火的事，讓他知道了。」

達德身形略見肥矮，卻非常精壯，年紀在四十來歲間，動作靈活，一對眼似開似閉，教人不知他心裏轉着甚麼念頭。

達德哂道：「知道又怎樣，我一天未動手，他也拿不着整我的把柄，不過無論如何，仍是小心點好，你佈置好了沒有。」

馬勒夫道：「我動員了六十多最精鋭的好手，即管不能取勝，逃起來應該是綽有餘裕。」

達德道：「其實我們太小心了，王子極之愛惜名聲，無恥之事雖然暗裏做盡，表面還是個大殷商和慈善家，若他敢公然行兇，一定嚇退貪官政客對他的支持，這也是他的弱點。」

馬勒夫剛要應是，異變已起。

「卡擦！」一聲輕響，從通往廁所和後門處的出口傳來。

達德慘叫一聲，連人帶椅向後仰跌，馬勒夫一跳躍起，一把攬着達德向枱下滾去。

附近幾桌的手下敏捷地彈起來，槍全上了手。

那人沒有開第二槍的機會，他極其機靈，身子一縮退往餐廳的後門，恰好避過暴雨般打來的槍彈。

接近後門的一枱達德手下，是首先追到後門的人，他們聽到樓梯響起急劇的步聲，向下而去。

達德的手下猛力狂追，驀地一聲爆響，一陣煙霧刹那間籠罩了整樓梯的空間，黑霧不但使人目不能視，還含有強烈催淚作用，一時嗆咳大作，追捕瓦解冰消。

馬勒夫將達德扶往一角，檢視他的傷勢，一邊道：「老總！不要緊，只是擦傷了肩臂吧，不會有大礙的。」

達德喘着氣道：「不管如何，這筆債一定要和王子算個清楚明白。」

新德里的兩個犯罪集團，終於拉開了戰幕，以鮮血和暴力去解決問題。

凌渡宇回到營地時，工地的開採工程進行得如火如荼。

沈翎忙得滿頭大汗，一見他回來，連忙把他拉往一角道：「你滾到哪裏去了，足有整個星期，電話沒有一個回來。」

凌渡宇微笑道：「發生了很多事，今晚找個機會告訴你，不過王子暫時不能來騷擾我們了。這處怎麼樣？」

沈翎道：「所有人都很盡心盡力，我看最多再有一星期，便可以抵達那傢伙。」

凌渡宇還想說話，總工程師英國人艾理斯作了個手號，呼喚沈翎過去。

沈翎向他打個眼色，又昏天黑地忙起來。凌渡宇勞碌多日，避進房內修他的靜養功夫。

鑽油台上亮了兩支燈，只有他們兩個人，除了營地處一片燈光外，其他三個方向都是黑蒙蒙一片，在天空背景下，清楚顯示出遠近的山勢。

今晚天氣特佳，鑽油台和整個盆地覆蓋在一夜星空底下。

夜風徐來，使人身閒心舒。

沈翎聽罷凌渡宇近日所幹的好事，大笑起來道：「王子今次被你弄得慘了，希望達德爭氣點，在王子一槍命中他眉心時，也一槍擊中王子的心臟，來個同歸於盡，造福印度。」

凌渡宇道：「你真是樂觀！照我看還是王子贏面居多，我們最好能趁王子無力他顧前，掘到那東西。」

沈翎沉思片晌，道：「唯有從明天開始，連夜趕工，希望能把時間縮短一半。你說給那蘭特納聖者，不是也說要趕快嗎？」

凌渡宇道：「你信他的話嗎？」

沈翎皺眉道：「我隱隱感到他的說話很有道理，偏又說不上道理在哪裏。但不可不知，蘭特納聖者在印度教內，有近乎神的地位，絕不會無的放矢。」

凌渡宇道：「有沒有這個可能，聖者指的是飛船內仍有生物存在？」

沈翎走到油台邊緣的欄杆旁，抬頭望往無窮無盡、星辰密佈的穹蒼，吁了一口氣，深思地道：「我常常在想，人只是一個小點，站立在一塊喚作『地球』的大石上，而這一塊石，在茫茫的宇宙中，亦只是一個小點。包圍着這塊石是無涯無岸的漆黑虛空。沒有甚麼原因，也沒有甚麼目的。」

凌渡宇欲言無語，沈翎語調荒寒，有種難以言喻的無奈和淒涼。

沈翎深沉一嘆，道：「對宇宙來說，一切生命都是短暫的一瞬，在恆星的火耀下，某一剎那間的生命，活躍了一會兒。就像大海裏，偶爾給人投下一顆石子，生出了一圈圈微不足道的漣漪，轉眼即逝，大海仍在繼續她那永無休止的運動，就像以千億計的太陽，組成千億個星系，永不停息地運動，短暫的生命，對它們有何意義可言？」

凌渡宇望向壯麗的星空，心中升起一個念頭：他所看到的星光，可能是一百萬年前離開了該星體，現在越過廣闊的虛空，照射到他的眼內。宇宙是人類完全無法估量的事物，我們憑甚麼去猜測她和了解她，失望和無奈的情緒，湧上胸臆間。

沈翎沉默了一會，續道：「生命在這裏被投下了石子，生出圈圈漣漪。在宇宙大海的另一處，生命投下了另一粒石子，產生其他的生命漣漪。可是宇宙實在太廣闊了，漣漪太弱小了，它們之間永無接觸的機會，就像你在印度洋的岸邊投下了一粒石，我在夏威夷的太平洋投下了另一粒石，漣漪間實在永無接觸的可能，即管近在比鄰，還要它們是同時發生。所以生命幾乎注定了是孤獨的。」

凌渡宇有點不寒而慄，想起漣漪由小至大，在水面擴散開去，一下子戰勝了一切，把水面化成它的波紋，剎那間弱下來，回復平靜的水面，就像一點事也從未發生過，對於深不可測的水下世界，連像對水面那一丁點的影響力也沒有。難道人類的興衰，對於宇宙來說，就如漣漪之於無涯無岸的大海？

沈翎忽地興奮起來，叫道：「所以當我們現在有希望接觸到另一個生命的漣漪，只可以用神蹟去形容。」

凌渡宇疲倦地道：「夜了！明天還要工作。」

跟着一個星期，沈翎增聘了人手，連夜趕工，整體的鑽井工程頗為順利，到了第八天清晨，鑽井的深度達到二千七百多米，離沈翎估計的三千米，只剩下二百多米的距離。

不要說沈翎和淩渡宇，連其他的人如總工程師艾理斯、美國人威正博士、印籍工程師山那星等亦緊張起來，任何參與此事的人都知道沈翎志不在石油，這快到了答案揭曉的時候了。

這時所有人均集中在鑽油台上，看着工人用起重機把升降機吊上台面。升降機是個圓形密封大鐵筒，直徑達六呎，略小於油井的寬度，勉強可以容納八至十人。

升降機的外圍包着防高熱的纖維物質，滿佈滑輪，剛好與井壁接觸，方便上升下降。機頂儲存氧氣系統，供機內的人呼吸。最特別的地方，機底是透明的塑膠玻璃，又安裝了強烈的照明系統，使機內的人，可以對機下的環境仔細觀察。

沈翎解釋道：「機底的透明底部，是可以開關的，能把人吊下去，進行爆破等任務。升降機的升降，可以從機內控制。」

這時工程師美國人威正博士，指揮着工人把幾套氧氣呼吸系統，搬進升降機內的儲物箱去。

凌渡宇待要說話，忽感有異，抬頭往天上望去。

一個奇怪駭人的情景，出現在天空上。

蝗蟲！成千上萬的蝗蟲，繞着鑽油塔頂，狂飛亂舞，把陽光也遮蓋起來。

所有人都放下了工作，駭然地望着塞滿鑽油台上空的蝗蟲。

凌渡宇望向沈翎，剛好迎上他望來的目光。

凌渡宇心中一震，他看到了天不怕地不怕的沈翎，眼中透出前所未有的憂慮。

首席工程師艾理斯一臉駭然神色，來到凌渡宇兩人身邊，還未發言，沈翎沉聲道：「今天到此為止，提早下班，解散所有工人。」

艾理斯道：「這些蝗蟲是甚麼一回事？」他一邊說，眼光卻望向一些飛到台上的蝗蟲，牠們撲附在油台的鐵架上，撲附在已降至台上的升降機身，即管工人把牠們撲打至死，也不飛走。蝗蟲為何如此失常？

直至當天晚上，蝗蟲才開始散去。

凌渡宇和沈翎兩人共進晚膳。沈翎非常沉默。

凌渡宇低聲問道：「甚麼一回事？」

沈翎抬起頭來，突然道：「小凌！我想你立刻離去，離開印度。」

凌渡宇嚇了一跳，道：「甚麼事這麼嚴重？」

沈翎沉吟了半晌，道：「很多年前我也見過同樣的景象，不過是老鼠，而不是蝗蟲。那是在一九六零年五月，南美洲的智利，一個清早，突然間建築物內的老鼠都爬了出來，包括剛出生的小鼠，也由母鼠用口銜着，拚命向山區跑去，無論居民拿棍活活將牠們打死，也不肯逃回鼠洞去，只是拚命向山區爬去……三天後，該處發生了史無前例的大地震，市內一半的建築物倒了下來，死了七千多人……」

凌渡宇深深地吸了一口氣。

沈翎苦笑道：「動物有比人更靈敏的感官，可以接收到震前地層傳來的低頻率，好像地震頻密的日本，當地人便懂得在家內養金魚，每當金魚舉止異常時，他們可以先一步逃到安全的地方。」

凌渡宇嘆了一口氣道：「地球母親在危險來臨前發出警告，只不過她的子女人類太慣於日常的安逸，忽視了『現實』以外的事物。」

沈翎道：「所以我希望你能正視現實，立刻離開這裏，小凌！我和你對組織都非常重要，我不想組織同時失去了你和我。」

凌渡宇變色道：「甚麼？明知地震即來，你還要下去？」

沈翎肯定地道：「是的！我不能放過這個機會。」

凌渡宇道：「難道不可以等地震過後，才繼續我們的工作嗎？」

沈翎嘆了一口氣，道：「我也很想這樣做，但你忘記了蘭特納聖者的警告嗎？那是刻不容緩的事。」

凌渡宇軟弱地道：「你真的那麼相信他嗎？」

沈翎道：「假設我不是進入了冥想的狀態，才能感應到他所說的『獨一的彼』，我可能也會有點猶豫，但事實卻是那樣，試想蘭特納聖者的冥想修養比我強勝千百倍，他可能早和『獨一的彼』建立了某一聯繫，他的話我們又怎能忽視。小凌！我不能錯過這人類夢寐以求的機會，即管死，也總勝似平平無奇度過此生。」

凌渡宇苦笑道：「你知道便好！為何卻要把我的機會剝奪？」

沈翎想了一會，嘆了幾口氣，終於放棄了勸凌渡宇離去，他太清楚凌渡宇的為人了。

翌日一早，工作如常進行。到了午飯前，營地來了個不速之客找凌渡宇。

凌渡宇一見此人，嚇了一跳，忙把他迎進了臥室，道：「阿修！有甚麼事？」

阿修滿臉焦急，道：「不好了！你要救雲絲蘭小姐！」

凌渡宇心中一凜，知道雲絲蘭出事了，連忙道：「鎮定點！詳細告訴我發生了甚麼事情。」

阿修道：「昨天清早，雲絲蘭小姐的侍女來找我，說了一句話：就是：『找他』，雖然只是兩個字，我已估計到她是要我找你。我曾經到過雲絲蘭小姐的寓所，見到出入的都是王子的手下……」

凌渡宇道：「那侍女呢？」

阿修道：「她很驚慌，告訴我她即要返回鄉間。」

凌渡宇眉頭大皺，雲絲蘭明顯正陷在極大危險裏，否則總能親自給自己一個電話，問題是那侍女的可信性，這可能只是王子佈下的一個陷阱，引他上鈎。照理他和雲絲蘭的行動異常秘密，怎會給王子識破呢？

阿修道：「我曾經親自跟蹤那侍女，她的確乘火車離開了印度，往南部去了。」

凌渡宇眉頭一舒，大力一拍阿修的肩頭，讚道：「幹得好！這解決了很多疑難，那侍女登火車前，可有打電話或與甚麼人接觸？」

阿修道：「絕對沒有！」

凌渡宇道：「好！現在我們立刻回新德里！」

阿修一呆道：「只是你和我嗎？」

凌渡宇笑道：「還不夠嗎？」

雲絲蘭的寓所位於新德里市近郊的豪華住宅區，是座兩層的洋房，屋外有個小花園，雅致非常，尤其是現在夜闌人靜，屋內的客廳透出柔和的光線，分外使人感到安樂窩般的溫暖，凌渡宇暗嘆一聲，難怪雲絲蘭捨割不下眼前擁有的一切，不過看來她目下唯一之計，就是要遠離印度，隱姓埋名，除非能幹掉王子。一邊想，一邊審視洋房旁幾株高插入雲的白楊樹，比較樹和屋間的距離。

阿修在他身旁輕聲道：「就是這幢房子！」

凌渡宇應了一聲，輕巧地閃出了街角，大約半小時後又走了回來道：「我在供電給這附近電力的電箱安裝了遙控爆炸，希望用不上。」

凌渡宇檢視背囊內的物件，包括了輕便的塑膠炸藥、爆霧催淚彈、攀山的工具，希望能給王子一個「驚喜」。

凌渡宇望了這印度少年一眼，後者臉上激射着興奮的光芒，絲毫沒有他預期中的畏怯。

凌渡宇道：「我現在要進入屋內，無論發生甚麼事，又或我逾時未出，你也千萬不要現身，只能偷偷地給『船長』一個電話，知道沒有。」

一邊說，一邊戴上紅外光夜視鏡和防毒面具，拍了拍背上的背囊。

阿修嚴肅答道：「知道了！領袖。」

凌渡宇莞爾，靈巧地閃出街角，隱沒在屋旁的樹影裏。

阿修只見黑影一閃，凌渡宇已翻進高牆，隱沒在花園裏。

凌渡宇迅速地越過花園，來到屋的後門，他把兩支長長的鋼線伸進鎖孔，才半分鐘，這普通的門鎖應聲而開，連忙閃身入內。

在夜視鏡下，凌渡宇看到自己進入了樓下的廚房內，微弱燈光，從通往屋內的門腳縫下傳來，隱約聽到幾個男人的笑罵聲。

凌渡宇來到門前，掏出能發射二十四口麻醉彈的滅音手槍，沈翎為了應付可能的危險，早於半年前從組織處要了小批但非常精良的武器和裝備，想不到被他多次先用了，上一次挑起王子和達德爭鬥的烈性炸藥，便是由此而來。

凌渡宇估計王子一方面忙於戰鬥，對雲絲蘭的防衛難免簡陋不周全，而另一方面，王子應該想不到阿修這條線上，亦不知消息外洩，所以對他應是沒有防範之心的。

廚房門輕輕打開。一道走廊直通往燈火通明的正廳，聲音從那裏傳來。

凌渡宇輕靈地推前，聽聲音只有兩個人在那裏。

凌渡宇藝高人膽大，一個箭步從走廊撲出去，手中的麻醉槍閃電發射。

兩名在玩撲克的大漢，頭也來不及抬起，倒了下去。

凌渡宇眼光轉到盤繞而上的階梯，那是往二樓的通道。

他一下撲至階梯起點，剛好一名大漢走下來，兩個人打個照面，大漢反應極快，立時伸手往腰際的佩槍，凌渡宇的麻醉彈已打進他的左肩。

大漢悶哼一聲，倒了下來。凌渡宇飆上樓梯，剛好托扶着他倒下的身體。順手把一支催淚爆霧彈拿在手中。

凌渡宇把大漢輕輕放倒一旁，拾級而上，階梯盡處是另一個小客廳，牆上掛滿雲絲蘭各類造型照，卻看不到其他守衛。

客廳正南處是個大露台，對正上來的階梯，階梯的左方有道走廊，通往二樓的屋後。

凌渡宇把警覺提到最高，步進走廊。走廊兩旁各有兩道門，總共是四間房。

就在這時，他心中忽現警兆，那是給人窺視的感覺，但四周明明沒有人，當他省起閉路電視這個意念時，右手的房門「嘭」一聲給人推了開來。

換了是其他人，一定會措手不及，可是凌渡宇身經百戰，何等敏捷，幾乎在同一時間下他已擲出了手中的催淚煙霧彈。

剎那間整條走廊陷進伸手不見五指的黑霧裏，凌渡宇奮力一躍，利用雙腳抵着左右牆壁的撐力，升上了走廊的頂部。

自動武器的聲音轟然響起，在黑霧中整條走廊閃滅着火光和嗆咳聲。

一切很快回復平靜。

凌渡宇躍回地上，滿意地審視地上躺着的兩名大漢，每人都給餵了一顆麻醉彈。時間緊迫，他迅速打開緊閉的其他三道門，一間是空房，一道則是通往天台的門戶，第三間是上了鎖的。

凌渡宇拿出鋼線，伸進鎖孔裏，屋外這時響起連續三下的鳥鳴聲。心中一凜，剛才進屋前，他曾和阿修約好，一下鳴聲，表示危險來臨；兩下鳴聲，代表情況危急；三下鳴聲，代表刻不容緩，必須立時撤退。這時傳來三下鳥鳴，表示再不走便來不及，他幾乎想也沒想，門鎖「的」一聲打了開來。

門內是個寬大的臥室，淡黃的色調裏，一個裸女被手銬鎖在窗花上，跪在牆角，垂着頭，長髮把她的面孔遮着了。

時間無多，凌渡宇一個箭步飆前往裸女處，叫道：「雲絲……」他第三個字還未說出，已凝固在那裏，不敢有任何動作。

裸女抬起頭來，是張美麗的臉孔，可是卻不是雲絲蘭。

他並不認得她是誰，卻認得她手上大口徑雙管散彈槍，只要她一拉槍掣，整間房都會籠罩在巨大殺傷力的鐵碎片下，任由他身手如何敏捷，也將躲避不了。

這是個特別為他而設的陷阱。

裸女向停在身前四呎許處的凌渡宇冷冰冰地道：「不要有任何動作，否則你立即會變成血肉模糊的一具屍體。」

凌渡宇笑道：「你看我的樣子像個蠢人嗎？」他的聲音有種出奇的平和，使人不自覺放下提防的心，他同時拉下了紅外光夜視鏡。

裸女呆了一呆，道：「我……」

凌渡宇眼中異芒更盛，牢牢吸引着她的目光。裸女手上的槍嘴垂了下來。

凌渡宇豈會放過如此良機，腳一起踢飛了她手上的槍，跟着上身用腰勁帶前，左手閃電劈在裸女頸側，裸女應聲倒地。

凌渡宇急退出房外的走廊處，恰在這時，樓梯響起細碎的腳步聲。

凌渡宇估量這些人是配合裸女的陰謀行動，暗幸自己以催眠法脱身，一伸手擲出兩支催淚爆霧彈，整道旋梯立時被吞噬進伸手不見五指的黑霧裏。

一時嗆咳聲大作。

凌渡宇從背囊掏出自動武器，瘋狂向樓梯處掃射，慘嘶和掉下旋梯聲音亂成一片。

凌渡宇迅速來到通往天台的門前，一把拉開門，奔上往天台的樓梯。屋的四面八方響起密集的機槍聲，所有窗門的玻璃一齊粉碎。

走出天台前，凌渡宇在衣袋中掏出爆炸遙控器，一按鈕，東北方傳來一下爆炸聲，附近樓房的燈光和街燈一齊熄滅，四周陷進黑暗裏。他戴回紅外光夜視鏡。

凌渡宇輕盈地躍上天台，從背囊中掏出一個鐵筒和滑輪。

槍聲從樓梯處傳來，敵人登上了二樓。凌渡宇在背囊取出一個計時炸彈，校好了在十秒後爆炸，放在天台的一角。

凌渡宇把鐵筒向着屋後方二十多碼處的一棵白楊樹粗大的樹幹，一按開關，鐵筒一陣彈簧的爆響，一支鐵鈎帶着長長的鋼線，筆直越過天台和樹身間的空間，深深插入了樹身內。

凌渡宇把另一端緊緊纏在天台的水喉鐵上，把滑輪裝套在手指般粗的鋼線上。

樓梯處傳來機槍聲，敵人往天台奔上來。

凌渡宇一躍彈起，翻過天台的圍欄，兩手緊握滑輪的扶把，任由在鋼線上滑行的輪軸，把他帶得斜斜向二十多碼外的白楊樹身衝去，不一會腳下經過了花園的高牆，來到樹身時，他把雙腳一撐一縮，化去了俯衝的猛力。這時他離地足有十多呎高，凌渡宇悶哼一聲，一個觔斗，安然翻落地上。

就在同一時刻，天台處驚天動地爆炸起來，碎石激飛半天，烈燄沖天而起。

凌渡宇心想，這總可以把警察惹來吧，即管以王子的強橫，也須立時撤退。換了是別人，現在一定逃之夭夭，但凌渡宇拯救雲絲蘭的目的未達，豈肯逃去。他隱沒在黑暗裏，向着屋的正前方處摸去。

在夜視鏡下，遠近景物清晰可見，雲絲蘭寓所的正門處停了一列汽車，目下紛紛駛往遠處，避開掉下來的火屑。寓所冒起熊熊的大火和黑煙，不斷有人從花園的閘門撤退出來，受傷的被攙扶出來，形勢混亂之極。

十多名手持自動武器的大漢，散佈四方，槍頭指向着焚燒中的房舍，懵然不知凌渡宇已藉鋼線滑輪從空中離去。

王子一臉怒容，在幾名手下陪同下，站在較遠處街道的暗影中。火光把四周照得忽暗忽明。暴行在這種公開的形式下進行，令人髮指。

凌渡宇撲至汽車停下的地方，這處只剩下三名大漢守衛，他們的目光都集中往火場處。

凌渡宇躡足伏身，來到王子銀白色的勞斯萊斯座駕車的車尾箱處，不一會打開了尾鎖，無聲無息地縮進了車尾箱內，跟着他把鋼線插進了尾鎖孔內，造成尾箱蓋鎖上的假象，否則車頭的顯示器「尾蓋未關上」的紅燈將會閃亮，做了這步工夫，他才把尾蓋拉下，剩下一道半寸許狹縫，以供呼吸。

待了三分多鐘，勞斯萊斯一陣顫動，王子的聲音響起道：「撤退！警局那邊我的人有電話來，說他們的人十分鐘內會到達。」

另一把聲音道：「要不要留下兄弟，搜索那姓凌的雜種？」

王子懊惱道：「人在屋內你們也奈何不了他，何況逃了出來，走！全部走！讓我回去生劏了那賤人，把內臟寄給他，哈……」

關門，勞斯萊斯開出。

凌渡宇暗自慶幸，從王子語中的恨意，他知道王子陷入了瘋狂的仇恨裏。雲絲蘭是他第一個報復的對象。聽他的口氣，阿修並沒有落進他的手中。

車輛開出。

約一個半小時後，車子速度減緩下來，最後停下不動。車門打開的聲響傳入凌渡宇的耳內。還有三個多小時才天亮。

王子的聲音在車外道：「記得放掉所有狼犬巡邏，加強警衛，留心街外每一個角落。」

另一把聲音道：「街上剛才那樣靜悄悄，沒有人可以跟蹤我們不被發現？」

再另一把男聲插口道：「小心點好！這雜種不易對付，竟然能一手包辦，挑起我們和達德的鬥爭，明明已踏進了我們的陷阱，居然又逃之夭夭，還使我們失去了幾個好手……」聲音逐漸遠去。

車子開動。

不一會車子完全停下來，機器關掉。

淩渡宇掀起尾蓋，躡足走了出去，剛好看到全身制服的司機在上鎖。

這是王子座駕的車房。

槍管輕響下，司機中了麻醉彈，倒在地上。

三分鐘後，淩渡宇換了司機的紅色制服，把帽緊壓至眼眉，大步從車房向華宅的後門走去。一邊走，一邊留意四面的環境，心中暗暗叫苦。

換了是平時，這是個非常優美的環境，高牆圍繞着佔地六至七萬方呎的大花園，亭台樓閣，小橋流水，樹木掩映。花園正中是一主二副三幢建築物，正中的華宅美輪美奐，是一座如假包換的宮殿。這時華宅燈火通明，正門處聚了十多名大漢。

出口的大閘與宮殿式的華宅由一道柏油路連接起來，約有四百多米長，路旁植滿鮮花。車房十多個橫排一起，位於建築物的左後方。

這樣的陣仗和距離，就算王子把雲絲蘭送還給他，凌渡宇也沒有本事活命逃出去。不過目下騎虎難下。狗吠聲從右方傳來。

凌渡宇嚇了一跳，望往右方，一名大漢死命扯着三頭要向他撲來的狼犬，一邊喝道：「還不快入屋內，我要放犬了！」

凌渡宇知道對方誤以為他是那司機，急步走向華宅的後門，他目光銳利，看到大宅後不同的角落都安裝了閉路電視，連忙垂下頭，來到後門處，門把應手而開，連忙閃身入內。

門內一道長廊，向前推展。

凌渡宇硬着頭皮，大步前行，轉了一個彎，兩旁各有三道門戶，其中一道是大鐵門。他正要繼續前行，人聲從另一端傳來。

凌渡宇退回轉彎處，掏出麻醉槍，時間無多，他一定要盡快找到雲絲蘭，否則王子盛怒下，她便凶多吉少了，現在只好強闖下去。

腳步聲走到與他目下走廊成九十度角的另一條走廊中間，停在那一道鐵門前。

凌渡宇探頭一看，見到兩名大漢在一道門前停下按鈴。

聲音通過鐵門旁的傳呼器響起道：「誰？」

站在門外兩名大漢其中之一道：「我是沙那星，交更的時候到了。」

「卡」一聲，門打了開來，兩名大漢走了出來，調笑幾句，從另一端走了，來按門鈴的兩名大漢走了入內。

凌渡宇待要乘機通過，門忽又打了開來，剛才入內的其中一名大漢走了出來，一邊回頭道：「你拍檔先看一會，我去去便回來。」說完關上門，直向凌渡宇的方向走來。

凌渡宇避無可避，嘆了一口氣，把手槍拿定。

那人轉出彎角，還未來得及看清楚，便中彈倒下，凌渡宇把他托在肩上，來到他出來的門戶處，心中一動，這裏不比車房，不能就讓他躺在地上。

凌渡宇按門鈴。

門旁的傳聲器沙沙響起，男聲道：「誰？」

凌渡宇沙啞着聲音道：「沙那星！開門！」這時他心中有點緊張，假設沙那星不開門，立時就演變成全面戰爭的格局。

可惜己軍只是他一個人，而對方可能是一百人，又或是一千人，誰說得定？

鐵門的上方傳來異響。

凌渡宇反應極快，立時想到對方正在打開鐵門上方的小方窗，以審視按門鈴人的身份，人急智生，將肩上那大漢放直下來，自己則伏在他背後，一手抓緊他後腦的頭髮。

門上的半方呎許的小方窗打了開來。

凌渡宇拿準時間，裏面的人剛往外望時，他把昏迷大漢的頭貼近方窗，由側扭向後，造成扭頭望向右後方的錯覺。

小方窗閉上，門上傳來卡的一聲，打了開來，他的騙術奏效。

凌渡宇歡呼一聲，閃了進去，手中的麻醉槍連發兩彈，背着他坐的大漢向前仆倒，一頭撞在枱面。

三十多個閉路電視在運作着，監察着屋內屋外所有戰略位置，花園中狼犬在巡邏，大閘處有十多名武裝警衛，對四周虎視眈眈。

凌渡宇把門關上，審視這保安室內的設施。

右手處有個二十多方吋的大熒光幕，旁邊有一排特別的控制鍵，寫着「玻璃罩」、「抽氣」、「降下」、「升上」、「傳音」等等功能。

凌渡宇把熒光幕下的開關按動，光幕閃動着橫線，不半刻凝聚成畫面，原來竟是那晚凌渡宇和沈翎兩人陷身玻璃罩內華麗如皇宮的大廳。

這時王子站在大廳的一旁，來回踱步。二十多名大漢，散立四方。

凌渡宇按了「傳音」掣，廳內的聲音一絲不漏傳入耳內。

王子鐵青着臉，在前所未有的盛怒裏，他身旁站着他的首席智囊倫貝，後者就是今晚整個計劃的設計者，失敗使他面目無光。

沒有人預料到淩渡宇強橫若斯。

大廳正北的門打了開來，兩名大漢押着雲絲蘭走了出來，一直把她押到廳心正中處。

保安室內的淩渡宇，看到熒光幕的中心，閃起了一個紅圈，雲絲蘭和兩名大漢刻下正站在紅圈的中心，省悟那是玻璃罩籠罩的範圍，一有物體進入，這處的電子控制系統，立生感應，以閃動的紅圈顯現在熒幕上。

淩渡宇腦中靈光一閃，在熒光幕前坐了下來。

雲絲蘭面色蒼白，一對美目佈滿紅絲，人還算精神，微翹的櫻唇，使人感到她的不屈和倔強。

王子踏前兩步，來到紅圈的外圍，冷無表情的臉孔驀地綻出一絲殘虐怕人的笑容，一拍雙掌。

十多名大漢把四台攝影錄像機，從四個角落推了過來，團團包圍着雲絲蘭，一副拍攝電影的陣仗。

雲羅蘭一呆，望着以她為中心的四台錄像機道：「你……要幹甚麼？」

王子陰惻惻地笑道：「我一手捧起了你做大明星，現在為你安排了最後一場電影。」

雲絲蘭全身顫抖起來，恐懼地道：「不……不要……」看樣子她估到王子要幹甚麼。

王子仰天一陣狂笑，充滿無限憤怒，道：「這是背叛我的下場，我要看着你在罩內，當空氣被抽離時，全身肌膚爆裂慘死的模樣……」跟着笑聲一歇，兩眼毒蛇般望向雲絲蘭，道：「本來你是我最信任的女人，我還準備將來用你來作陪葬……」

雲絲蘭胸口強烈起伏，恐懼的眼光被仇恨的眼光代替，道：「我即管化作厲鬼，也要向你索回血債。」

王子瘋狂地笑了起來，道：「假設被我殺死的人都化作向我索命的厲鬼，我王子早已死了一千次一萬次。多你一個算甚麼？」

雲絲蘭道：「我明白了，你捉不到凌渡宇，你每一次都在他手上吃大虧。」

王子淡淡道：「一時間的得失算甚麼，當我把錄下你死亡過程的電影送到他手上時，希望能有人將他的表情也拍下來。亮燈！」

安裝在錄像機頂的水銀射燈一齊亮起上來，把正中的雲絲蘭和兩名大漢照得纖毫畢現。

王子再命令道：「退後！」

兩名大漢退出廳心，退出凌渡宇眼前熒幕的紅圈外。

雲絲蘭勇敢地站着，冷然道：「王子！你知道為甚麼我聽凌渡宇的說話，而不聽你的？」

王子冷哼一聲，待要發出玻璃罩降下的命令。

雲絲蘭用盡全身氣力，尖叫道：「因為比起他，你只是一隻豬狗不如的人渣和畜牲！」

王子面色一沉，忽地狂跳起來，一個箭步飆前，一拳抽擊在雲絲蘭的小腹處，後者慘嘶一聲，踉蹌倒跌向後。

暴怒如狂的王子進入了玻璃罩的範圍，雲絲蘭退了出圈外。

王子正要說話，異變突起，風聲蓋頂而來，四周爆起驚呼。

王子愕然上望，恰好見黑影撞來，蓬一聲，將他罩在玻璃罩下。

四周的人一齊愕然，倫貝撲至玻璃罩前，大叫道：「保安室，弄錯了！還不升起玻璃罩！」

笑聲通過傳音器，在玻璃罩內外響起。

雲絲蘭難以置信地從地上抬起頭，歡呼道：「凌渡宇！」

眾人一齊色變。

王子在罩內狂叫道：「將他抓住！」

通過傳音設備，他的狂呼響徹罩內罩外。

幾名大漢待要行動，淩渡宇的聲音道：「殿下！我想你最好冷靜一點，假設你不想我成為你那最後電影的大導演的話！」

王子面色煞白，胸口不斷起伏，雙手無意識地敲打玻璃罩，喝道：「停下！」

一時內外靜至極點。

淩渡宇道：「王子殿下，你現在要小心聽我下的每一道命令，不要聽錯，否則嚇到我發抖時，也會按錯掣的。」

王子尖叫道：「不！」

雲絲蘭狂叫道：「不要理我！殺了他！」

王子大口喘氣，頹然道：「你殺了我，也逃不出去。」

淩渡宇輕蔑地笑道：「是嗎！我一生人都不受威脅，你現在說一個字，是或否，其他一切由我決定。」他的聲音透出一種冷硬無情的味道。

王子一張臉忽紅忽白，終於低聲道：「是！」

凌渡宇道：「我現在每一句話，你都要立時執行，明白了沒有。」

王子頹然點頭。

凌渡宇道：「現在命令你的守衛把閘門打開，鎖回所有狼狗，然後命令你的全部奴才集中廳內，記着！不要弄鬼，這處可以看到你這賊巢的每個角落。」

王子乖乖地發出命令，這殺人狂魔比任何人更愛惜自己的生命。

通過三十多台閉路電視，凌渡宇看到狼狗被鎖入鐵籠內，通往街外的大鐵閘張了開來，所有人手撤進大廳裏。

當最後一個人退回廳內後，凌渡宇向王子發出命令道：「幹得不錯，現在擲下所有武器，全部人面牆而立……好了……雲絲蘭，你拿起兩挺自動武器，到車房取得王子的避彈勞斯萊斯後，駛至屋後等我。」

雲絲蘭蹣跚而行，領命而去。

王子眼中射出仇恨的狂燄，偏又全無辦法。

他百多名手下面牆而立，人人都表現出極大的憤慨，這樣窩囊的局面，還是這班橫行霸道的人第一次遇上。

王子的座駕車從一個閉路電視的畫面轉到另一個電視畫面，最後停了下來。

一片靜寂。

王子試探地叫道：「凌渡宇！凌渡宇？」

貝倫霍地轉過身來，正要發出追擊的命令，凌渡宇的喝聲轟然響起道：「不要動！」

所有人動作凝固。

王子恐懼地叫道：「你要遵照諾言。」

凌渡宇嘿嘿笑道：「當日你不是也向神立誓，在東西掘出來前不來麻煩我們，又何曾遵守。」

王子愕然語塞。

凌渡宇冰冷地道：「由現在開始，我不准有任何人發出任何聲音，做出任何動作，明白了沒有？」

大廳死靜一片，只有百多人心臟的劇烈跳動。

凌渡宇迅速退出保安室，退出後門，閃進了銀色的勞斯萊斯內。

坐在司機位的雲絲蘭立時把機器發動，車子開出，往正門駛去。

偌大的花園空無一人。勞斯萊斯以高速衝出大門，左轉入馬路，以高速離去。

「轟」，王子的華宅響起爆炸的強烈聲浪，火燄沖上天空。

雲絲蘭一震道：「那是甚麼？」

坐在她身旁的凌渡宇悠悠道：「那是我安裝在保安室內的計時炸彈，希望能引起一點混亂。」

雲絲蘭側身過來，吻了他一下道：「我從未遇過像你那麼了不起的人。」

凌渡宇道：「我們還未脫離險境。」掏出一張地圖，指着一個紅點道：「你要把車駛到這個地方。」

雲絲蘭看了一眼，道：「沒有問題。」

車子以高速行駛。

雲絲蘭忽地垂頭，輕聲道：「都是我不好！」

凌渡宇奇道：「你有甚麼不好？我可以保證沒有一個男人會那樣說。」

雲絲蘭嗔道：「我是說真的……」聲音轉弱，不好意思地道：「一天晚上我發夢囈，叫着你的名字，王子聽到了懷疑起來，揭破了我們的計謀……」

凌渡宇笑道：「你真是好呀，這比任何的吹捧更得我心，過去了的不要想，希望王子被達德的事拖着，給我們一天半天的時間便夠了。」話題一轉道：「到了目的地，阿修會在那裏等我們，換了車，阿修找個地方躲起來，你便隨我同回營地。」

雲絲蘭默然不語，她從未見過王子如此失面子，他一定會不惜代價來對付他們，未來的日子更不好過。不過他們沒有別的選擇了。

凌渡宇淡淡道：「我們要打兩個重要的電話。」

雲絲蘭道：「給誰？」

凌渡宇笑道：「一個給我們的老友沈翎，一個給他們的老友達德。」

「他們」自然是指王子。

凌渡宇回到營地時，是翌日的黃昏。

趁着雲絲蘭沐浴休息，凌渡宇將整件事的始末詳細地告訴了沈翎。

沈翎道：「形勢發展到這地步，為甚麼你不找個地方讓雲絲蘭和阿修避避風頭？」

凌渡宇嘆了一口氣道：「以王子的勢力，只要他懸賞一個金額，即管躲到天腳底，也會給他找出來。你這邊又怎麼樣，照理我們開採的班底中，應該混進了不少他的人，他一個電話便可引起我們很大的麻煩。」

沈翎露出個狡猾的笑容道：「昨晚你在王子處逃出來後，不是給了我一個警告電話嗎？由那一刻開始，所有對外的通訊都給中斷了。」雙手作了個爆炸的姿態。

凌渡宇莞爾道：「不愧是老狐狸，我們現在是與時間競賽，開採發展到甚麼地步？」

沈翎低聲道：「工程夜以繼日地進行着，任何一刻，也可能到達那東西。」

凌渡宇精神一振，放在枱面的無線電話沙沙響起，艾理斯的聲音傳來道：「沈博士！油台這邊發生了很奇怪的事，請立即過來！」

兩人霍然對望。最重要的時刻終於來臨。

十五分鐘後，兩人爬上了鑽油台。

所有人集中在鑽洞旁。濃煙從油井中不斷冒出來。

沈翎當先大步而行，艾理斯迎上來道：「下面有很奇怪的硬物，鑽頭沒法穿破，反而因磨擦產生的高熱，鑽頭也熔掉了。」

沈翎想也不想便道：「將鑽頭吊出油井，準備升降機，我要親自下去看。」

艾理斯沉聲道：「沈博士，我有一個要求。」

沈翎一愕道：「說吧！」

艾理斯道：「下面是甚麼東西？」

沈翎笑道：「假若我知道，為甚麼要下去看。」

艾理斯道：「我是有理由這樣問的，因為我們用的聚晶鑽頭，即管最堅硬的礦層，也可破入……」

凌渡宇一拍艾理斯的肩頭，道：「老艾！事情很快有分曉，時間無多，快些去辦。」

艾理斯猶豫片刻，終於轉身去了。

沈翎來到凌渡宇身邊，面色出奇地陰沉。

凌渡宇奇怪地望他一眼道：「終於到達了那東西，你不高興嗎？」

沈翎望着數十名忙碌工作的人，嘆了一口氣道：「有一個問題，你和我都忽略了。」

凌渡宇道：「飛船就在下面，有甚麼大不了的問題？」

沈翎望向凌渡宇道：「我們怎樣進去？」

凌渡宇目瞪口呆，他想到沈翎的問題了。一直以來，他們只想着通往地底找到飛船，但飛船的物質既然是由不能毀滅的物質造成，他們憑甚麼可以進入飛船內。

當鑽頭吊離鑽井時，已是翌日早上六時半了。

鑽頭熔化成一小截廢鐵，完全變了形。

以艾理斯為首的幾位工程師，不能置信地審視變了形的聚晶鑽頭，這是石油行業中聞所未聞的怪事。

沈翎對鑽頭一點興趣也沒有，親自命令工人把鑽頭移開，換上載人的升降機。

凌渡宇問艾理斯道：「甚麼時候可以下去？」

艾理斯道：「清理鑽井大概要四至五小時，正午後應該可以了。」跟着壓低聲音道：「你是否覺得山那星那傢伙神態古怪？」

山那星是唯一的印度籍工程師，這時他站在另一位美國籍工程師威正博士身旁，神態緊張，不知是過份賣力，還是另有圖謀，一直以來，沈翎和凌渡宇兩人都懷疑他是王子派來監視他們的人。

凌渡宇聳聳肩胛，道：「你看緊他，有甚麼問題再通知我們。」

艾理斯還想說話，沈翎走了過來道：「小凌！我們來了貴客，來！我們一齊去。」

凌渡宇奇道：「甚麼人可以把你從這心肝命椗的鑽井移走？」

沈翎老臉一紅道：「是你和我的共同小情人：海藍娜。」

凌渡宇恍然，在沈翎的老拳捶上他的脊骨前，閃身前行。

兩人興高采烈來到營地簡陋的會客廳時，海藍娜急不及待迎上來，兩人自然地伸手攙扶，三個人，三對手握在一起。三人同時一呆。

凌渡宇握着海藍娜的左手，向握着她右手的沈翎苦笑道：「真的要一人一半嗎？」

沈翎甩了甩一臉的大鬍子，以老大哥的口吻道：「你這麼多女人，讓了這個給大哥吧！」

凌渡宇嘆了一口氣道：「打死不離兄弟，好吧。」將手握的纖手，故作無奈地遞給沈翎。

沈翎老實不客氣接了過來，乘機張開大口在滿臉通紅的海藍娜俏臉上吻了一下。

海藍娜不堪鬍子的騷擾，向後仰避，同時把一對被當作貨物交來換去的玉手抽回來，嗔道：「你們真是愛玩，人家焦急到要死了！」

凌渡宇笑道：「不要死，你死了，我們的大探險家定會一死殉情，追隨泉下。」

海藍娜輕撥額前劉海，緊張的神態鬆弛了少許，氣得噘着小嘴說：「我打電話來，電話又不通……」

這時雲絲蘭走了入來，招呼道：「海藍娜！你好。」

海藍娜一呆道：「為甚麼你會在這裏？」

凌渡宇道：「這個遲些再說，來！先說你來的目的。」

各人坐了下來，海藍娜望了雲絲蘭一眼，欲言又止。

沈凌兩人立知海藍娜此行和王子有關，大是凜然。

沈翎道：「都是自己人，放心說吧！」

雲絲蘭冰雪聰明，表白道：「我離開了王子，且已變成他欲殺之而甘心的人。」

海藍娜不敢接觸沈翎那灼熱的眼，望向淩渡宇道：「王子和達德間的大火併……」眼光轉到雲絲蘭身上續道：「你們一定早已知道，我也一直非常留心他們間的事，前天淩晨時分，達德不知用甚麼方法，摸上了王子的巢穴，雙方發生了迄今以來最激烈的戰爭，兩邊均傷亡慘重，但整體來說，還是王子以雄厚的潛勢力佔了上風，在這生死關頭，王子突然來見我父親，懇求他出頭，和達德講和。這並不似王子的性格！」

淩渡宇、沈翎和雲絲蘭三人對望一眼，他們已知道王子這樣做的原因了。

果然海藍娜道：「王子以對他來說頗為沒有利益的條件，換取了達德的停戰，然後抽調精銳的人手，準備趕來瓦拉納西，我一得到這消息，立時乘父親的私人飛機趕來，唉！我想他隨時會到達，所以來通知你們逃走。」

沈、淩兩人沉吟不語，一直以來他們都以戰略和陰謀佔在上風，但若說要和王子正面為敵，無疑螳臂當車，有敗無勝。

淩渡宇望向雲絲蘭，還未說話，後者斷然道：「除非大家一齊走，否則我寧願戰死，也不希望給他像貓捉老鼠般四處追捕。」

沈翎道：「留得青山在，哪怕沒柴燒，不過走之前，讓我們先往油井底去一次，假設真能進入那裏，總勝似在外面四處逃亡。」

淩渡宇笑了起來，道：「老沈，還記得七八年在非洲的肯亞嗎？」

沈翎也笑了起來，道：「當然記得，那次我們也是以少勝多，好了！時間無多，我們到鑽油台去……」

四人站起身來，步出門外。外面陽光火毒，悶熱難當。

遠近山巒起伏，通往營地的泥路人跡全無。一個美麗而炎悶的正午。

鑽油台的鑽塔高高聳立在後方，瓦納西盆地的正中處，在陽光下閃爍生輝。

一切是那樣平靜。

而且是靜得異乎尋常，四周的轟鳴鳥叫一下子全消失了，一點聲音也沒有。

四人向停在房子外的吉普車走去。

雲絲蘭道：「天氣真是熱得怕人，昨夜我睡在房內，即管是那樣疲倦，還是醒來多次。」

凌渡宇心中一動，望向沈翎，後者正抬頭望天。

天空上的雲動也不動。

雖然仍是陽光普照，天幕卻是特別昏沉，令人心頭發慌。

四人來到吉普車前。奇怪的巨大聲音響起。

「嗚——嗚……」像是有千百架飛機一齊在發動引擎。

天地猛烈搖晃起來，四周圍的物體一齊搖動，腳下的草地晃晃悠悠，像是要跌進往萬丈深淵去。四人一齊摔倒地上。

「嘩啦啦……」附近的屋子倒了下來，塵土揚上半天。

地震延續了十多秒，那卻像整個世紀般的悠長。

靜！

凌渡宇跳了起來，扶起身旁面色蒼白的雲絲蘭。

沈翎和海藍娜相繼爬了起來。

四周營地的房子倒下了大半。鑽台方向人聲沸騰。

沈翎跳了起來，歡呼道：「沒有倒！沒有倒！」

遠方的鑽塔屹立如故。

凌渡宇道：「來！上吉普車。」

四人跳上吉普車，往鑽塔馳去。

除了倒塌的房舍，奔走的工人，一切似乎完好無恙。

沈翎駕着車，沉聲道：「這可能是大地震來臨前的初震，我們一定要趕快。」

凌渡宇望向背後七零八落的營地，道：「幸好這個時刻全部人都在屋外工作，否則難免有傷亡。」

吉普車停在鑽台旁。

百多名工人正從四道爬梯蜂擁而下。

四人來到爬梯前，工程師美國人威正博士剛好爬了下來，向沈翎道：「沈博士，工程看來要暫停了。」

沈翎道：「鑽井情況如何？」

威正道：「表面看來沒有甚麼大問題，問題是據我對地震的經驗，這種較輕微的地震，極可能是大地震來臨的前奏，所以在未取得進一步資料前，我認為沒有人適宜留在鑽台繼續工作，因為地震會使井內坍塌，那是非常危險的一回事。」

沈翎道：「也好！先把工人撤退往安全地點。」

威正博士領命而去。四人爬上鑽台。

偌大的台上靜悄悄地，只有總工程師艾理斯和印籍工程師山那星兩人站在吊在鑽井入口的升降機前。

艾理斯迎上來道：「放心，基本上所有裝備都沒有問題。」

沈翎道：「現在可否下去一看？」

艾理斯抬頭望往鑽塔高高在上的頂尖，搖頭道：「塔頂起重的絞軸有點不妥當……」望了望冷清清的鑽台，嘆了一口氣道：「看來我要親自上去檢查一下了，那將需要一點時候，不如你們先回營地，我修好吊重設備時，立即通知你們。」

沈翎沉吟片晌道：「下去探查是首要之務，要我們來幫你嗎？」

艾理斯道：「不用了，我有把握把它弄好，你們還是先回去吧，假設再有地震，這處是最危險的地方。」

凌渡宇奇道：「你不怕危險嗎？」

艾理斯笑道：「怕得要命，但我生平有一個壞習慣，就是希望每一件事都有個結果，如果不能下去一看究竟，以後的日子也難以安眠，好！我要上去了。」

沈翎一拍淩渡宇的肩頭，道：「來！」當先往爬梯的方向走去。

落了爬梯後，四人坐上吉普車。

沈翎道：「小淩，為了兩位小姐的安全，我認為你還是帶她們避上一避，留下我一個人在這裏應付一切。我保證看『它』一眼後，立時趕去和你們會合。」

淩渡宇想了想，道：「也好！」橫豎落到井底，大不了也只是看上「飛船」那無法穿破的外殼一眼，趁王子來前避他一避，才是實際的做法。

車子駛出。

來到營地的出口處，七八架大貨車，載滿工人，魚貫駛往瓦拉納西的方向。

最後一架貨車載着威正，他從司機座位探頭出來叫道：「收音機的報告指出地震的震央正是瓦納西盆地，這裏極為危險，隨時會再有地震，快些離去……」

凌渡宇皺眉道：「為甚麼會這樣巧？」

沈翎沒精打彩地道：「不管甚麼，走為上着。」這時他也心萌退意。到了最後關頭，一切都是這樣地不順利。

凌渡宇待要說話……

「轟！」

四人同時一愕，槍聲從鑽台的方向傳來。

沈翎一踏油門，扭轉，吉普車向着鑽台電馳而去。

爬上鑽台。

艾理斯半跪台上，審視着躺在他前面的山那星，後者的額上鮮血不斷流出，染得台板一片血紅，生機全無。一把點三八手槍放在一旁。

沈翎沉聲道：「發生了甚麼事？」

艾理斯站起來道：「我爬上塔頂時，看到山那星在升降機頂不知在安裝甚麼東西，我立即爬下來，向他質問，豈知他居然掏槍出來，想殺死我，我撲上前阻止他，糾纏間，手槍失火……」

沈翎一聲不響，利用挨在升降機身的扶梯，攀上機頂。

凌渡宇則跪在山那星的屍身旁，搜查他的口袋。

沈翎叫道：「我找到了，是炸藥。」

凌渡宇站起身來，望向艾理斯，沈翎爬了下來，右手拿着兩包塑膠炸藥，道：「這份量足夠炸斷吊着升降機的鋼纜。」跟着伸出左手，掌心處有個火柴盒般大的電子儀器，道：「這是引爆器，他的屍身上應該有另一個遙控器。」

凌渡宇伸出左手，掌心也有一個同樣大小的儀器，道：「就是這個。」

海藍娜和雲絲蘭俏臉煞白，假設讓山那星毒計得逞，升降機從這樣的高度滑撞下去，那種死狀令人不敢想像。

沈翎舒了一口氣道：「好險！我們的估計沒有錯，山那星確是王子派來的人。」

凌渡宇沉聲道：「錯了！」他右手翻出了一把手槍，指着艾理斯。

眾人一齊愕然。

艾理斯變色道：「這算甚麼？」

凌渡宇左手再拿出一條金鍊，鍊上掛了一個刻有古梵文的金牌，遞給海藍娜。

海藍娜輕呼一聲道：「這是我們彼一教的護身物。」

凌渡宇道：「是的！金牌上的梵文寫的是『彼一教』，是我從山那星的頸上脫下來的。」

艾理斯怒聲道：「那代表甚麼？」

凌渡宇道：「那代表他不是王子方面的人，你才是，而且那傷口並不是在近距離所造成，是你在離開大約十多呎許把他射殺的。」

艾理斯面色轉為青白，強辯道：「這也不代表甚麼。」

一個聲音從台邊傳來道：「管他代表甚麼？艾理斯。」

王子！

一切都發生得很快，王子的說話未完，十多名大漢紛紛從通上鑽台的爬梯湧上油台，手上提着自動武器，一下子把眾人包圍了起來。

王子一身鵝黃色的印度傳統衣服，雪白頭巾的正中處，綴了一粒最少有六七卡的大藍鑽石，施施然來到凌沈兩人身前道：「凌先生！丟下你的手槍。」

凌渡宇悶哼一聲，拋下手槍。

雲絲蘭面白如死人，以王子的睚眦必報，未來的悽慘遭遇，已可想見。

王子走到艾理斯身旁，攬着他的肩頭向凌沈兩人道：「這一着你們想不到吧，艾理斯是我的老同學兼老友，一直以無線電和我保持聯絡，所以你們雖破壞了通訊，我仍然對這裏一切事瞭如指掌。」跟着向艾理斯道：「我們那個殺人大計弄妥了沒有？」

艾理斯望上塔頂，道：「安裝在升降機頂的炸藥雖然給山那星發現了，但我另外裝有炸藥在塔頂起重機的吊軸處，只要升降機下行一百米許，便可自行發動。」

王子讚嘆道：「幹得好！現在請沈大博士和凌渡宇先生一齊進入升降機內。」

海藍娜尖叫道：「不！你不可以這樣做，我爸是不會放過你的！」

王子向海藍娜恭身道：「不，你父親只要你完好無恙，是絕不會為幾個外人傷了自家人的和氣，不過衝着我最心愛的人，我願給你一個選擇，只要你說，他們的其中一個，便不須要進入升降機內。」

海藍娜看看沈翎，又看看凌渡宇，搖頭道：「不！」

凌渡宇淡淡一笑道：「這又有何難！」大步向升降機走去。

上。

沈翎暴喝道：「不！」便要衝前，幾管冷冰冰的槍嘴立時抵住他背脊

凌渡宇踏進了升降機內。

王子笑道：「這是最佳選擇。」

雲絲蘭道：「我也和他一起。」

王子一個箭步飆了過去，一掌摑在她俏臉上，把她打得倒跌台上，狠聲道：「你想死嗎？還不容易。」

海藍娜怒叫一聲，待要去扶起雲絲蘭，卻給兩名大漢拉着。

一把柔和的聲音從台的另一角傳來道：「刹那利，梵天是這樣教你對待你的同類嗎？」

王子駭然望向聲音傳來的地方，刹那利是他入印度教時，教主給他起的名字，沒有人知道。

一位穿着白袍的老者步上油台。

海藍娜一掙，發覺身後抓着她的兩名大漢已鬆了手，連忙奔往老者身旁，叫道：「聖者，他……」

蘭特納聖者微笑道：「不用說，我知道了一切。」

四周圍傳來「噗！噗」的聲音，王子的手下跪了下來，他們都是虔敬的印度教徒，跟隨王子的目的，也是要恢復印度教往日的光輝，蘭特納聖者在他們心中，已不是人，而是神。

王子面色蒼白，口唇顫動，卻說不出聲來。

聖者臉上散發着聖潔的光輝，向王子道：「剎那利！這件事就這樣算了。你離去吧！」

王子跳了起來，搶到升降機前，指着站立在內的淩渡宇道：「聖者！你是我最尊敬的人，但這人，卻是我教的大敵，是破壞我們夢想的人。」

聖者淡淡道：「你的夢想只是妄想，我們真正的夢想，不是在『這裏』；而是『這裏之外』，你還不明白嗎？」

一把聲音陰惻惻地道：「別人怕你這老鬼，我卻不怕。」艾理斯。他手中握着把大口徑的手槍。

「轟！」槍嘴火光閃現。

蘭特納聖者全身一震，卻奇怪地沒有被猛火力的子彈帶跌，鮮血迅速從胸前心臟處湧出，血漬迅速擴大。

眾人一齊呆了。

聖者臉容平靜如昔，綻出一個奇異的笑容，淡淡道：「這是通往彼一的唯一路途。」

他跌了下來。

那跌倒的姿勢非常奇怪，通常人倒地，一定是雙腳失去支持力量，踉蹌倒跌，但他卻像一枝硬綳綳的木棍，筆直「嘭」一聲倒撞台上，再沒有動彈。

他身側的海藍娜第一個尖叫起來。

王子面色煞白，搖頭道：「不！這不是真的。」若教印度人知道蘭特納聖者是因他而死，他在印度將再無立足之地。

聖者倒跌的同時，凌渡宇忽地面色轉青，整個人不受控制地急退，「嘭」一聲猛撞往背後升降機的鐵壁上。

眾人的注意力都集中在聖者身上，沒有人注意到他。

冷汗從額上串流而下，凌渡宇無力地貼着機壁坐了下來。

一種即管以他的刻苦和體能亦難以忍受的苦痛，霹靂般擊入了他的腦內，侵進了他每一條神經去。

他呻吟道：「聖者！」

是蘭特納聖者。

在聖者倒地那一剎那，凌渡宇非凡的靈覺，感到一股龐大的能量體，如怒潮般湧進他心靈的大海內，激起了難以控制的巨浪，他清晰地聽到聖者的聲音在心靈內呼喚道：「不用怕！讓我們攜手去吧！」

凌渡宇感到聖者的心靈，融混往他的心靈內。聖者死的是肉身，他精神能量凝成的元神、力量卻是聚而不散。

他慘嘶一聲，狂睜開因苦痛而閉上的眼睛，發覺自己居然站了起來。

他的動作更令他魂飛魄散。

他的手指正按着升降機內「降下」的按鈕上。

他的叫聲把眾人的注意力扯回他身上。沒有人知道發生甚麼。

「嗚！」奇怪的聲音響起。

整個鑽台強烈震動起來。鋼塔像小草般在狂風中搖晃。

台上沒有人能保持直立，紛紛滾倒台上。大地震終於來臨。

升降機的鐵門緩緩合上。

王子也站不穩，踉蹌後退，才退了兩步，忽地撞到升降機的鐵門縫上。

升降機門把他牢牢夾着。王子發出撕心裂肺的狂叫。

升降機緩緩下降，縮入了鑽井裏。

不斷下降。

「轟！」鑽塔頂一下強烈的火光和爆炸，鋼纜斷開。

升降機驀地加速，向井底狂撞下去，一下子衝下了近千米的高度，王子的身體在和空氣的劇烈磨擦下，燃燒起來。

凌渡宇雙目緊閉，蜷跌在升降機的地板上，眼耳口鼻滲出鮮血。

他感到聖者的元神和他緊鎖在一起，感到聖者龐大的能量，以一種他不能明白的方式在作用着，保護着他。

他不能思想。

升降機繼續衝下，天地不斷在劇烈抖動，耳際填滿風暴般的雷鳴狂嘯。

升降機外的十多個滑輪，和油井井壁激烈磨擦，產生出尖銳的響聲和火花。夾在機門的王子變成血肉模糊的片片。

撞上飛船船身的堅硬物質時，會發生甚麼事？凌渡宇不知道，也不敢想。

在極度的狂亂裏，他看到了一點紅光。

這時他整個人正伏在升降機底部玻璃纖維做成的地板上，一直以來，井底的方向都是一團化不開的漆黑，這時井底的方向突地出現了一點紅光，驚惶下，凌渡宇以為自己在死亡前發生了幻覺。

更奇異的事發生了。

升降機的速度忽地明顯地放緩了起來，由剛才一降千里的速度，變成飄羽般向井底緩緩落下。

凌渡宇呻吟一聲，這種速度的變換，使他感到胸臆間難受之極。

他完全不明白，究竟發生了甚麼事？在這數千米的井底下，為何會遇到這樣的怪事。

升降機劇烈抖動起來，下降的勢頭更緩，比一般升降機的速度還要緩慢得多，好像有一股相反的力道，從井底處湧上來，把升降機托着，再讓它緩緩降落。

井底深處的紅光緩緩擴大，很快已變成拳頭般大的紅光。

凌渡宇完全猜想不到那是甚麼東西，在這地底的數千米處，為何居然有這樣的光源。

升降機繼續向下降落。

紅光愈來愈強，凌渡宇過人的體魄，逐漸適應了下降的速度。

紅光像地底升起來的太陽，向着他的方向迎來，他的眼睛受不住紅光的刺激，瞇成一線。

整個天地陷進詭異莫名的紅光裏。

升降機愈來愈接近紅光的源頭。凌渡宇從合成一線的眼簾望往井底，只見井底只在十多米下，一團強烈的紅光霧，不斷在最底處滾動翻騰。

熱汗從額頭流下。

紅光帶着令人難以忍受的灼熱。

凌渡宇突然呻吟起來，明白了眼前的處境：他的升降機正在向地底的宇宙飛船落下去，而不知為了甚麼原因，那令鑽頭也銷熔的飛船船身，居然打開了一個可容升降機通過的小洞，等待着他進去，紅光正是從宇宙飛船內部漏了出來。

那是個多麼灼熱的世界。

究竟是甚麼力量使升降機下降的速度放緩下來？發生了甚麼事？

想到這裏，升降機落入了洞內。

一時間天地盡是令人睜目如盲的紅光。

凌渡宇終於完成了沈翎的夢想，來到了飛船之內。

一粒一粒沙般大的紅塵，充斥在整個龐大的空間裏，不斷爆開，發射出迫人的熱力。

水份迅速從身體蒸發出去，凌渡宇想到死亡，沒有人能在這種灼熱下生存。

升降機繼續落下，凌渡宇陷進半昏迷的狀態裏，滿腦子盡是火熱，熱毒鑽進每一條神經裏，銷熔他的生命。

模糊間，他又感到蘭特納聖者的精神，這次卻不是要與他結合，而是要離開他。

蘭特納聖者死後不滅的元神似乎在巨大的歡欣裏，又似乎在無窮無盡的憂傷裏。在那精神的領域裏，凌渡宇的觸感，測探到遠方有另一股強大無匹的精神力量，正在緩緩流動。

凌渡宇無由的一陣興奮，很想到達那遠方，與那股力量接觸，可是那卻像在遠不可即的地方。

想到這裏，蘭特納聖者的元神忽地離開了他，那種感覺便像一個億萬大富翁，剎那間變成一無所有。精神的領域消失無蹤。

升降機下跌以來，蘭特納聖者的元神和他的精神結合在一起，匯流成一種超自然的力量，使他能抵受掉下來的高速，抵受紅光火毒的侵襲，甚至感受到超感官的境界。

但這刻蘭特納聖者離開了他，剩下他一個人在這奇異的地方。

一時灼熱加強了數倍。

凌渡宇呻吟一聲。

「嘭！」升降機終於掉在飛船空間內的「地上」。

劇震把凌渡宇整個人拋了起來，再重重掉到地上。

他再次想到死亡。然後昏迷了過去。

當凌渡宇醒轉過去時，熱！像一股火毒霹靂般鑽進他的神經裏，無可抗拒的昏沉，襲擊着他仍未完全清醒的意志。

他聽到自己在呻吟，感到自己赤裸着身軀。

高熱中血液在狂流，脈搏瘋狂跳動，熱毒使他只欲就此長睡不醒。

喉嚨火一般焦燥，唇舌若沙漠般乾渴。

一隻發燙的手撫上他額頭，又縮了回去。是人的手。

全身滾熱中，背身躺臥處卻微有一股溫涼。

奇怪的異響，充斥着耳際。

凌渡宇嚇了一跳，神志回復了大半，他自幼受瑜伽苦行，心靈的修養堅如剛石，小小的刺激立時把他的腦細胞刺激起來。

他並不立時睜開眼睛，只是在重溫昏迷前所發生的事情：地震在艾理斯「槍殺」聖者後發生，聖者的元神以令人難解的形式，和他的靈神鎖在一起，升降機下降，王子被夾在門縫處，爆炸，升降機直向三千多米下的井底撞下去，撞向飛船那難以破開的船身……

他一摸身後，觸手是粗糙凹凸不平的物質，溫潤清涼，那是唯一對抗高熱的救命劑。這處肯定不是升降機平滑的地板。

聖者原本和他緊鎖的元神，影蹤全無。

這只有一個可能，就是他到了宇宙飛船內。

為甚麼會有人？

當他得出這個結論時，連他也吃了一驚。

猛然睜開一對虎目。

他本已有足夠心理準備，無論看到甚麼，也不會驚惶，可是當他看到眼前那張臉時，仍不禁嚇了一大跳。

一張血紅的臉，粗厚的皮膚，摺着一重又一重淒苦的皺紋，像給火烘得乾枯萎竭，細窄的眼睛瞇成一線，內裏一片血紅。

凌渡宇霍地坐起身來，看到了一個驚人的景象。

這是一個龐大的地穴，深紅色的岩層重重疊疊，整個空間沐浴在一種奇異的紅光裏。同一時間，他也明白了耳中怪響的來源，那是千百人類同時急劇呼吸和喘息的聲音。

地穴的空間內或蹲、或臥、或坐了上千赤身裸體的男女，模樣和剛才那人大同小異。

他並不是發高燒，紅光帶着無比的灼熱，無孔不入地鑽進他每一個毛孔裏。

凌渡宇有一項常人難及的能耐，就是在愈艱苦和怪異的環境裏，愈能保持鎮定，即管眼前面對地獄般的情景，他仍能保持冷靜，就像洪爐火燄裏一點不溶解的冰雪。

熱汗從他毛孔中不斷滲出來。

一隻乾癟的手顫震地遞來用泥碗盛着的一小口清水。

凌渡宇想説多謝，聲音到了喉嚨便給火熱咽着，本能地捧起泥碗，一口喝得點滴不留，喉嚨的炎渴稍減。他要求的眼光望向那乾枯的人時，後者立時明白了他的意思，口中咿呀作響，瘦骨嶙嶙的手左右擺動。

凌渡宇心中一凜，這些人原來並不懂人言。

凌渡宇審視四周，只見左方洞穴轉彎處，紅光特盛，暗忖那應該是出口了，想到這裏站了起來，往那方向走去，那乾枯的人想拉着他，卻給他禮貌地推開了。

他在躺坐一地的人群中穿行，看到了自出生以來，最觸目驚心的情景。

他看到嬰兒的出生，看到老人因乾枯死亡。

年青力壯的男女忘情地造愛，力竭筋疲的人伏在地上喘息。

生命的過程在火熱的紅光裏以高速進行，生命迅速成長、進行、老化、乾枯。

這究竟是甚麼地方？他為何會來到這裏？

他每邁出一步後，都要藉着堅剛的意志去踏出下一步。每一下動作都會帶來一陣火毒般的熱浪。

沒有人注意他，這些人忘情於他們的生命裏，在火熱的紅光裏掙扎活命。

一個人搖搖晃晃地站了起來，在他面前走了幾步，便無力地躺下來，把臉貼在地上的岩面，藉那點溫涼苟延殘喘。

凌渡宇不斷提醒自己，不要躺下來，一躺下來，會變成了這些飽受火熱摧殘的其中一分子，再也沒有爬出洞穴的勇氣。

凌渡宇死命向着洞穴的出口處走去，愈往那方向走，人愈趨稀少，空氣也更是灼熱。到了最近穴口的空間，一個人也沒有了。

沒有餘力去思索眼前奇異悽慘的地獄世界，他的鼻孔一張一閉，乾渴的嘴巴吸進的似是火燄，他努力對抗着暈眩和昏沉。

轉了一個彎，刺目的紅光一下子把他的眼睛刺激得閉了起來。

當他把眼簾露出一線時，他看到了三十多米外的洞穴出口。

強烈的紅光從那處毒箭般射來。

他的肺部充斥着熱火，像要把他整個人像蠟般熔解掉。

他運集全身的意志，向着出口的方向走去，他感到力竭精疲，熱汗在離開毛孔後立時揮發。

凌渡宇覺得自己正在乾萎中，那令人痛恨的灼熱紅光把水份搾出他的身體，把造成他身體百分之七十的水份蒸發。

他軟弱得想躺下來，這不是人能抗拒的熱浪，大地搖搖晃晃，地轉天旋。就在他要倒下那一刻，他忽然想到水，那盛在泥碗中的水。那乾枯老者遞給他喝的水。

水從哪裏來？

一定不是這空曠無一物的大洞穴，而是在洞穴之外。

這個意念令他奮起意志，強忍着一波又一波的熱浪，向出口邁進。

還有七米、六米……

他終於來到了洞穴的出口。

出口外是個奇怪詭異卻美麗至極的大空間，在炫人眼目的紅光裏，一條二十多米闊的大河從左方遠處蜿蜒而來，流向右方無盡的遠處，沿河的兩岸，長滿了各種見所未見的奇花異卉，紫紅色的樹高達二十多米，金黃的草地，羅傘般的素白色植物，難以盡述，植物擋着視線，使他目光不能及遠。

一個奇怪的物體，在離開洞穴口二十多米處，恰在大河和洞穴的正中處。

凌渡宇苦忍着熱浪，定睛一看，終於明白到自己看到甚麼。

那是升降機。靜默地橫倒在深紅色的岩地上。

機門大開，門前處有一小堆焦炭般萎謝了的物質，凌渡宇省悟到那應是王子燒焦了的屍體。他很自然抬頭望向空間的上端。

即管以凌渡宇的堅強，也不禁目瞪口呆。

空間上邊二百多米的高度上，飄浮着一團團紅色耀目的雲，紅雲不斷射出紅色的光線，灑照大地，把整個空間變成火熱的洪爐。

紅雲的間隙處露出銀光閃閃的穹蒼，顏色是變化的，細看下立時轉換了其他顏色，叫人難以確定。

凌渡宇呻吟一聲，跪了下來。

他曾經看過那種物質，沈翎袋中便有一塊，沈翎藉着它尋到了飛船的位置。

那是飛船的物質。

他抬頭看到的，是飛船的內部。

凌渡宇不知道升降機是怎樣穿破船身，掉了進去。他還記得掉進紅光四溢的洞內，但現在看到的飛船船身，卻沒有任何穿洞。他究竟從哪裏掉進來？又或者船身當時裂開了一個洞，升降機掉進來後，又縫合起來？究竟是甚麼力量在作祟？

不過有一點他是可以肯定的，就是他完成了沈翎的夢想，進入了飛船的內裏。升降機掉了下來時，洞穴的人可能在出外取水，把他救了回來。

但這是一艘外太空來的宇宙飛船，為何會有人類在內，遭遇着如此悽慘的命運？飛船的內部為何是這樣的一個世界？

他奮力站起身來。無論如何，他一定要離開這裏。

他向前衝出，離開了洞穴。

紅雲發出的光線直接暴曬在他赤裸的身體上。

所有水份立時千百倍加速地蒸發。

凌渡宇怒叫一聲，死命向四十多米外的大河奔去。沿途地上佈滿一副又一副黑炭般萎縮的骸骨，有些已蒸發為一小堆不能辨認的黑炭，這些人都是奔往大河途中死掉的人。

紅光像利刃般切割着他的肌膚，火燄侵進他每一個細胞去。

四十多米像永不可及的遙處。

他衝出了才十多米，心臟的劇烈跳動，已使他四肢乏力。

再衝前數碼，一陣地轉天旋，凌渡宇倒了下來。

死神在咫尺之外。

自幼的瑜伽修行在這刻顯露出來，凌渡宇死命保持着心頭的一點靈明，緩慢卻肯定地站起身來，繼續向前踉蹌奔去。

大河逐漸在前面擴大。

喉嚨給烈火焚燒着，肺部充滿熾熱的空氣，隨時會爆炸開來。

耳中傳來河水流動的聲音，予他極大的鼓舞。

還有十多米。

熱浪在身體的四周旋動着，每一個轉動都帶來一陣使人窒息的灼熱的燃燒，他感到肌膚乾枯，身體在炎熱的乾熬下迅速萎謝枯去。他強迫自己不去想那些滿臉乾癟皺紋的人，那會使他恐懼得發狂。

炎熱稍減。

他發覺自己衝進了沿河的植物叢裏，遮天的植物造成一個天然的保護傘，使紅光不能直接攻擊他的身體。

大河就在眼前。

他幾乎是連跌帶滾般一頭撞進河水裏。

冰涼的河水，浸着他火熱的身體。他從來不知水原來這樣可愛的。他想起恆河污濁的水，現在這河，才是名副其實的聖河。

他大口地喝着河水，冰泉般的水從喉嚨滑下食道，進入胃部裏去，然後向全身擴散開去。他感到全身膨脹起來，活力充盈在每一條肌肉的纖維裏，皮膚回復油潤平滑。

水清甜無比，充滿着難以形容的能量，他不但感到要命的口渴無蹤無影，還感到胃部充實起來，就像剛吃完一次豐盛的大餐。

這是比地面上流動的水還要優勝的妙物。

他沉進水裏，向下潛游，好一會仍未到底。

就在這時，他背後的汗毛根根豎立起來，靈銳的第六感告訴他，身後有危險的生物接近。

凌渡宇並不回首察看，那是愚蠢的動作。他把雙腿縮起，運用堅勁的腰力一彈，整個人在水底翻了一個身。

頭上湧起一股強大的水流，一個黑影堪堪在上面貼體掠過。

凌渡宇心內駭然，向那物體望去。

剛好看到牠遠去的尾部，有力地在清澈的河水裏擺動。大尾最少有三、四米長，金光閃爍，粗壯有力。

牠遠去了二十多米，一下扭動，又轉身向他衝來。

那是一種地球上沒有的醜惡生物。

鱷魚的身體，鋪滿金閃閃的鱗片，看不到任何足爪，但黑黝黝渾圓的頭部，卻不合比例的龐大，像一大塊黑漆漆岩巉的石頭。怪物的頭部生滿了一支支雪白的尖角，看來相當鋒利，頭部看不到任何眼睛，卻佈滿了一個個寸許大的小孔，小孔裏金光閃動，詭異難言，令人不寒而慄。怪物的底部一片灰白，看來遠比其他部份柔軟。

一個念頭閃過腦際，這就是洞穴內的人不能選擇在水內生活的原因。

怪物以高速逼近至十多米內。

凌渡宇收攝心神，專注於即將來臨的危難，他要以赤手應付這聞所未聞的異物。

怪物向着他快速游來，到了近前三、四米處，一條大尾奇異地向前彎來，凌渡宇腦細胞迅速活動分析對方的戰略，照他的估計，怪物沒口沒爪，所以尾巴極可能是最厲害的武器，其次就是牠頭頂的尖角。

怪物帶起急湧，猛地衝至。

凌渡宇一咬牙，雙腳猛力一撐，向怪物的底部一米許竄下去。

怪物果然把大尾向前揮來，整個連尾在內十多米長的身體打了一個旋，可是凌渡宇已來到牠身下，怪物一尾揮空。

怪物的腹部在凌渡宇的頭頂。

凌渡宇一面保持在急湧內的穩定，同時右手指掌收聚成鋒，一下猛插往怪物的腹部。

凌渡宇自幼便受最嚴格的體能和武術訓練，可以用手指刺穿三分的薄板，這一下全力出擊，利比鋒刃。

掌鋒一下刺破了怪物柔軟的腹部。

怪物整條在水底彈了起來，暗湧把凌渡宇帶得旋轉開去。

怪物在十多米處翻騰顛倒，金黃的物質從牠的腹部湧流出來，把河水變成一團團金黃的液體。

凌渡宇心想，此時不走，更待何時。

左後側忽地湧來另一股暗流。

凌渡宇駭然向後側望，這一下立時魂飛魄散。

另一條同樣的怪物，從河底處飆竄上來，已逼近至他身後五呎許處，他全副精神放在受傷的怪物身上，渾然不知臨近的這另一危險。

躲避已來不及，他死命向一旁退開。

怪物奇蹟地在他身旁擦過，箭矢般游向那受傷的怪物，大尾一揮，把受傷的怪物整條捲着。

原來目標是那受傷的怪物，而不是他。

奇異的事發生了。

被他同類尾巴緊纏着的怪物，全身忽地劈啪作響，全身爆出金色的火燄，掙扎的力道愈是減弱。

金燄不斷被另一條怪物吸進身體內，金光明顯增強起來。

牠在吸食同類的能量。

受傷的怪物尾巴軟軟垂下，身體的金色逐漸脱下，轉為灰白。

凌渡宇心中一寒，發力向岸邊游去。

攀着岸邊深紅色的岩石，凌渡宇爬上岸去，一露出水面，他立時呻吟一聲，全身水珠騰起煙霧，向上蒸發。

炎熱倒捲而回，一下子又陷進灼熱的天地裏。

凌渡宇避進沿岸處的植物帶，選擇了一個有若羅蓋銀灰色的植物的遮蔽下，挨着條紋狀的樹身坐了下來。

雖是酷熱難當，但和下水前相比，已是天淵之別。

他的腦筋飛快轉動起來，想到很多早前忽略了的事物。

這處是沒有陰影的一個奇異世界，想到這裏，心中一動，仔細審視眼前的紅光，原來紅光是無數一粒粒發着紅光和熱能的塵屑，不斷從頂上的紅雲灑射下來，空氣般充斥在整個空間內，造成一個火紅和灼熱的世界。

他的眼光轉到大河流向的遠方，果然只見到紅茫茫一片，視線到了數十米外的地方便不能穿透。

這種奇怪的紅微子，把這空間變成洪爐般的悽慘世界。

「嘭！」一聲巨響從左側近處傳來。

一株高達三十多米的黑色禿身大樹，驀然倒了下來，揚起了滿天的紅微子，熱浪加劇。

凌渡宇呻吟一聲，想到了那條河，要死他也要死在那裏。

他的目光轉往流動着的大河，河面不時漂浮過巨大的樹木，無論紋理和色彩都非常奇特，一切是那樣地令人難以置信。

口舌的乾燥又開始摧殘他的神經，昏昏欲眠的感覺不斷加強。

河水流到哪裏去？

假設這是一個封閉的空間，水若要保持流動，唯一的可能是來而復去，往而復還，所以這條大河，應是繞了一個圈再回來。一直以來，他知沈翎都想像飛船內是超時代的巨構，內裏佈滿不能理解的奇異機器，絕沒有想過會是這樣充滿了奇異生物的可怖地方，也沒有想到飛船內的空間龐大若斯，直似另一個世界。

一個令人難以置信的異域。

他可能再無重出此域的可能，地震應該把油井徹底破壞，失望和自暴自棄的情緒湧上胸臆間。

凌渡宇大吃一驚，自從修練苦行瑜伽以來，無論在怎樣惡劣的環境裏，他也能保持強大的鬥志，永不言敗。是了！因為紅微子產生的悶熱，侵蝕着他堅強的意志，就像洞穴內的人，喪失了與環境鬥爭的勇氣，只懂等待老化、死亡和在高熱中熔解，化成蒸氣。

聖者的元神到了哪裏去，他所說的「獨一的彼」，是否是這裏的其中一種生物。

「嘭！嘭！」

遠處兩棵大樹倒了下來，其中一棵落到河裏，順着河水流去，加入了其他漂浮水面的植物行列。

這個世界內一切都在腐毀和死亡，他心中驀地浮起一個明悟：這異域正在逐漸趨向滅亡。

他站起身來，忽然一陣暈眩，迷糊間倒了下來，熱浪一波又一波地肆虐施威，紅微子在龐大的空域內跳躍，發出使所有生命乾枯萎竭的火熱。

凌渡宇一咬牙站了起來，他一定要回到水裏去，這時他的臉貼在一棵大樹的樹根旁，發現了一個奇怪的情況，剎那間他明白了樹木不斷死亡的原因。

近樹根處的並不是覆蓋着這異域大地那深紅的岩石，而是銀光閃閃、近似飛船物質的奇怪東西，不像沈翎那塊的堅硬，而是鬆軟濕潤，離根部稍遠的地方，銀光閃閃的物質已轉化為紅色的硬岩，這就是植物不斷死去的原因，整個原本適合植物和生命的濕潤土地，逐漸化為堅硬無情的紅岩類物質，就像充滿生命的泥土，變為死寂的硬石。

凌渡宇千辛萬苦地爬了起來，一動作便帶動四周炙熱的紅微子，令人昏眩的熱力驀地十倍百倍地加強。

凌渡宇強抵熱力，向七、八米外的河水走去。

走不了幾步，離開河水數呎的地方，「嘭」一聲整個人倒了下來，躺在一棵倒下來的樹旁。他待要再爬起來，剛好看到大樹樹身是中空的，容積可以納入一個人的身體有餘。

凌渡宇靈光一現，先把腳伸入，再把身體縮了入去，只把頭部露出了一小截。

樹身內有輕微的濕氣，看來是剛倒下不久，凌渡宇精神一振，體力回復了少許。

凌渡宇運力把身體向靠在的樹壁全力撞去，圓圓的樹身打了一個轉，滾落河水裏，順着水向紅茫茫的遠方流去。

河水滲進了樹心內，使凌渡宇舒服得要叫起來。

為甚麼河水不給熱能熬乾蒸發掉？他想不通。這並不是他熟悉的世界。

樹木在河面浮流而去，沿岸的樹木擋着他的目光。使他封閉在河道的世界內和壓頂的紅雲下。

向着這奇異的世界無限深處進發。

有好幾次那種怪物在河面乍浮乍沉，但都沒有來騷擾他，渾然不覺他的存在。

沿岸的樹木不斷死亡倒下，倒進河裏的便加入了他「座駕樹」的行列，每走遠少許，河裏的生物便換了另一批，奇形怪狀，無所不有，形相都是猙獰可怖，透着一種腐敗和邪惡的味道，不同類的生物不時爭鬥殘殺，有好幾次撞上浮木，幾乎把淩渡宇翻了下來。

浸在河水裏，他感到精力旺盛，失望和無奈一掃而空，即管不能出去，他也誓要在這異域內一探究竟。他閉目養神，準備應付即來的任何事故。

「轟！」猛然一下大震，浮木停了下來，擱淺在岸邊的岩石處。

淩渡宇心想：也好，看看附近是甚麼環境也好，他漂浮了怕有三至四哩遠，河道仍是沒有盡頭，若是如他早先推想，河流是個循環不休的大圓，那才冤枉。

淩渡宇爬出浮木，沉進清涼的河水裏，他不敢停留，怕惹來甚麼兇物的攻擊，連忙爬上岩石，又把浮木用力拖上岩石的間縫處，免它流走，沒有它，這裏真是寸步難行。

他爬上了河岸，這處並不是紅岩地，而是沙丘般起伏的碎屑，碎屑都是那種銀光閃閃的物質。視野並不清晰，銀光閃閃，只見銀屑鋪蓋着整個大地，沙漠般從河岸的兩邊延展開去，遠方再不是紅茫茫一片，而是銀茫茫一片。

甚麼植物也沒有。

紅微子全不見了，代之而起是漫天的銀屑，雨雪般從天上紛紛落下，不一會他身上已沾上了一點點的銀屑，這時他仍是全身赤裸，銀屑有種腐敗的異味，使他很不好受。

氣溫雖仍是酷熱，但已是絕對可以忍受，就像印度的夏天。

在他要走回河裏時，一個遠景吸引了他的注意力。

在銀閃閃的碎屑雨裏，遠方四百多碼處有一堆堆高聳的物體，看來像是房屋的模樣。

凌渡宇橫豎漫無目的，大步走了過去。

銀屑雨逐漸減弱，當他離開目標五十多碼時，屑雨停了下來，不過他全身鋪上了厚厚一層銀屑。他兩手上下掃拂，銀屑紛紛墮下，他抬頭望向天上。

沒有了紅雲，沒有了紅微子，沒有了逼人的火熱，整個飛船呈弧形的內部無窮無盡地覆罩着這奇異的世界。

他有一種直覺，就是造成船身那不能毀滅的物質，這載着整個異域的宇宙航具，正在不斷磨毀朽敗。整個天地都是用那種奇怪的物質組成，這裏一定是發生了一場可怕的災難，這種奇怪的物質以不同的形式，步上腐死之路。

這是個邁向死亡的世界。

聖者的話沒有錯，再遲便來不及了，可是他也可能成為無辜的陪葬品。

飛船毀滅時的情形會是怎樣？

他不想看，因為代價太昂責了，那將是死亡。

「獨一的彼」在哪裏？

不經不覺間，他來到了目標面前。一座又一座鋪滿銀屑的物體，聳立眼前。

物體是幾何形的組合，給人超時代的感覺，高達三十多呎的方形建築，低至離地面只有數呎的半圓形，結合着其他的三角形、梯形，就像把不同的幾何形積木砌在一起，幾何建築有規律地成十字形分佈，井然有序。

難道這是一個城市？

想到這裏心中一動，踏前幾步，伸手在最近的奇異物體上抹拭起來。

銀屑雨點般灑下，露出烏亮黝黑的牆壁，手觸冰凍。

這肯定不是地球的物質，不知是否建造此船的生物的居所。

他不斷抹下銀屑，露出了方形建築物的下截，卻完全沒有可進入的門戶。

凌渡宇閉上眼睛，把心靈的力量凝聚起來，思感向「城市」的方向延伸。

甚麼也沒有。他靈銳的感官接觸不到任何生命，只有死亡的氣息。

這是一個廢棄了的死市。甚麼事令這外生物的城市成為廢墟？

他在兩排的建築物間漫步，腳下的銀屑造成厚軟的丘陵，每一步也會深深陷進銀屑裏，舉步艱難。

即管有甚麼異星人的屍體，也給深埋在地底下，想到這裏，心中一動，這些鋪滿銀屑的建築物，或者遠比目下所見為高，屋身給銀屑埋了一大截，現在看到的，可能只是城市的頂部。進口亦可能深埋碎屑下。

照這樣的比例，居住在這城市的人物，會遠比人類巨大。

一種聲音響起，似乎在很遠，又像在身側。

奇異的風嘯鳴聲。鳴聲愈來愈大，愈來愈急。

忽然間地上的銀屑飛揚起來，旋轉飛舞。

狂風捲起漫天的銀屑，打着身上疼痛難當，尤其是淩渡宇全身赤裸，難受可想而知。

他把眼睛瞇成一線，往回路走去，他打消了細察這死城的念頭，只想重回河裏，繼續旅程。

狂風裏不時帶來徹骨的冰寒，幸好淩渡宇少年時，曾受過雪地裸臥的苦行瑜伽訓練，這時他運起意念，把全身的毛孔收縮起來，防止體溫外散，一步一步遠離死城，雖然是在目不能見的銀屑迷陣裏，但他的方向感非常好，向着河水的方向逐步接近。

風勢愈趨疾勁，他行兩步倒退一步地推進，前方傳來流水的聲音。

真是奇怪，剛才還火般的熱，現在又寒冷得使人震抖。

千辛萬苦，終於來到他座駕舟空心樹幹處，幸好他這刻回來，原來狂風把樹幹颳離了岩石，只剩一小截還卡在岩石縫隙處，隨時漂浮而去，這也省了他不少工夫，連忙重施故技，縮入溫暖的樹身內，繼續未竟的旅程。

河水變得溫暖，使他冰冷僵凍的身體熱呼呼地，非常舒服。

河水的溫度居然隨着環境的改動而變化，像是有靈性的活物。

他剛才透支了極多的體力，這一刻回到樹心裏，就那樣躺着，閉上雙目，把呼吸調至慢長細，精神守在靈台方寸間，進入了禪靜的境界。

靈智逐漸凝聚，忽爾間感覺不到身體的束縛和區限，成為純意識的存在。

一切是那樣平靜。

在這至靜至極的刹那，異變突起，他的心靈不受約束地注進河水裏，順着水流延伸，不斷地旅航，越過廣闊的異域。

一個龐大無匹的心靈，磁石般把他的思感吸引過去。

凌渡宇心靈的小流注進了另一個心靈的大海內。

他終於接觸到「獨一的彼」，接觸到聖者口中的祂。但卻在經歷了這麼多波折之後，其實他早應從聖者和沈翎處學曉，這是唯一和祂聯絡的方法。

沉重、緩慢的聲音在凌渡宇的心靈內響起道：「你終於懂得了！」

凌渡宇在心靈內叫道：「我不懂得，甚麼也不懂得，你究竟是誰？你在哪裏？這裏是甚麼地方？為怎麼一切都趨向死亡和毀滅？」

「獨一的彼」深沉的聲音道：「不要問這麼多問題，你現在在我身體內遙不可及的地方，你一定要來到我棲息的這個小空間，我才能解決你的問題。」

凌渡宇道：「我怎樣到你那裏？」

「獨一的彼」道：「血脈的盡處是我棲身之所，時間無多了，我和肉身的死亡已對抗了很長的日子，現在到了放棄的時刻了。」

凌渡宇道：「血脈盡處在哪裏？」

「獨一的彼」道：「你現在是在我的血脈內流動，盡處便是我還能保持未死亡的地方了。」

凌渡宇狂喊道：「不！你不能這樣就放棄死掉，你可以教曉人類很多想像亦難及的事物！」

「獨一的彼」靜默了下來，深沉地道：「我原本也有這個想法，這想法亦殺害了我。我很疲憊，我對宇宙內所有生物都感到極度的疲憊。不要害怕死亡，任何生命都是不會被殺死的，只是暫時沉默下來，有一天宇宙想起他們，他們又可以活過來，比從前更優勝百倍。我怎會真正死亡呢？即管你眼前所見的一切全部毀去，我仍然存在這虛廣浩瀚的宇宙某處，存在於另一個我們看不見的遙遠時空裏。」

凌渡宇在心靈內詢問道：「但你確是死亡了。」

「獨一的彼」答道：「如果你認為我死，我便是死了；如果你認為我存在，我便存在。死亡只是你的問題。」

凌渡宇感到「獨一的彼」鬆開了對他心靈的吸引，使他的思感迅速縮回，最後重回到他身體內。

凌渡宇猛地睜開雙目，看到面前數寸處的樹心內部。

他終於接觸到「獨一的彼」，祂說了很多他不明白的話，但肯定的是，祂正在死亡，他一定要在祂死前趕到祂那裏。

目的地就是水流的盡頭。

無論怎樣艱難，他立誓要趕到那裏。

河水逐漸溫熱起來。

河水外的空氣卻逐漸轉為寒冷，河水因應着外在的環境，產生出不同的變化，例如剛才在充斥灼熱紅微子的世界裏，河水清涼冷潤，現在天氣轉寒，竟變得溫熱起來。剛巧平衡了外在的天氣變異。

凌渡宇從禪靜中醒過來，他試圖再和「獨一的彼」建立心靈的聯繫，但祂卻默默地不作反應。

他探頭往樹外，立時看呆了眼。

兩岸白皚皚一片，整個空間變成冰雪般的世界，昏暗的光線，從宇宙飛船的內部透射下來，無力地照耀着整個空間。這些冰雪很奇怪，帶着種奇異的銀光，並不透明。

他由至熱的區域旅遊到至寒的地方。究竟抵達了「血脈盡處」沒有？樹木永無休止地漂浮着。

「天頂」的顏色亦在不斷變化，從灰暗的白色變成粉紅色，再轉為燦爛的銀白色時，兩岸再不是皚皚的白雪，而是銀晶晶的巨大堅冰了。

凌渡宇的腦筋冰冷得不想思想，幸而河水的溫度不斷增加，抵銷了大部份無情的寒冷。

凌渡宇聽着自己的心臟緩慢地跳動，流水就像命運一樣，帶着不由自主的他進軍往茫無所知的未來。

他的身體一動不動，有若垂死的人，但他的意志仍剛如鐵石，繼續在這異域裏作史無前例的奮鬥、追尋。

永不屈服。

溫熱的水浸着他的背部，露在水外的部份卻是奇寒無比。

一股明悟湧上心頭，他忽然知道了這條奇怪的河以外飛船內的世界，都已死亡，或是像那巨大紅岩洞內的人類，苟延殘喘。

這天地是用那種沈翎擁有一塊的奇怪物質組成，這種物質像地球的泥土，厚德載物，賦予了飛船內這世界所有的生命，但現在這物質已在腐朽，一些在灼熱的紅微子無情的照射下，逐漸轉化成堅硬的紅岩石，使所有植物枯死。一些卻在不斷剝落，化成銀屑，把整個城市埋葬。一些卻變成寒凍之極的堅冰，把這個世界化成冰天雪地。

只有這條河，這道「彼一」的血脈，在默默對抗着這把極寒極熱兩個極端共冶於一爐的世界。但據「彼一」的暗示，這血脈也在步進死亡。

那將是甚麼情景？

在印度的史前時期，一定發生了某一種意外，造成了死丘災難，也令這艘飛船來到這地底裏。

這宇宙飛船內廣闊的天地，像地球上居住着不同的種族，也居住着不同的文明和生物，包括了人在內。

究竟這是為了甚麼目的？

假設飛船沒有意外發生，她會載着這多元化的生命和文明到哪裏去？

這空間內不見任何設備或裝置，這飛船究竟靠甚麼動力來作那漫無涯岸的宇宙飛航？是否設備都安放到看不到的地方？又或那是人類不能夢想的飛航方式？

想到這裏……

「嘩啦！」一陣水響，一條滿口利牙的怪魚從水中跳了起來。

「嘭！」一聲，怪魚爆開，化成片片碎粉。

河水的激盪把樹幹湧得連連打轉，凌渡宇也給帶得打了十多個轉，那種滋味真不好受。

這是甚麼一回事？

凌渡宇探頭出去，恰好看到電光一閃，一道青白的強光照在河面，立時跳起另一條怪魚，爆炸而亡。

凌渡宇心中一凜，這是超時代的殺人利器，忍不住攀身出去，迅速扭頭向水流向的地方望了一眼，又迅速縮了回來。他已看到了即將來臨的命運。

一座巨大佈滿圓孔的半圓形物體，像翻轉的碗一樣倒放在河面上，河水從它底部的中央穿流過去，死亡之光不斷從它的小圓孔射出來，擊殺想從河水通過它下面的任何生命。假設它安裝有偵察生命的超級裝置，他凌渡宇便休想有命渡過它下面的流道。

這可惡的物體截斷了通往「獨一的彼」的通道。

想到這裏，心中一動，迅速進入禪靜的冥想層次，這次他集中精神，把所有的意志和思感，包括每個毛孔，都往內裏收藏，不讓有一點漏往外方。

假設真有能偵察生命的裝置，憑藉的極其可能就是生命發出的能量和熱力，所以凌渡宇現在就利用本身的獨特才能，把生命的力量凝聚起來，以避對方的耳目，逃過死光殺身的大禍。

樹木緩緩漂前。水流聲忽地加重，隆隆響叫。

凌渡宇心中歡呼，他已避過難關，進入了物體的底部處，再過片刻，就會穿流過去。歡喜未過，驀地騰空而起，升離了水面。

凌渡宇嚇了一跳，難道給發現了。他向外望去。

圓形物體橫跨二十多米河面的龐大底部下，佈滿了長達十米的機械手，把河面的植物鉗了起來，放進底部正中的一個十多米寬的孔洞內。整個物體都是由銀白不知名礦體造成，銀光流轉，照明着四周。

念頭還未完，「轟」一聲，凌渡宇連人帶樹，給提起他的機械手拋進了圓形物體的「腹」內。

樹木和內中的凌渡宇沒有停下來，給掉到銀白色的運送帶上，把他們帶動着。凌渡宇正不知如何是好，耳中剛好捕捉到一些奇怪的聲音，從前面的植物傳來。

凌渡宇立時從樹幹中竄了出來，一個翻身，從輸送帶跳下到光滑的銀白地面上。

他與之相依為命的大樹，繼續前進，到了一個方孔時，一道齒輪壓了下來，把它壓個粉碎。碎片進入方孔後，立時化成青白的銀光，產生出溫熱的能量，把內裏保持溫暖。

凌渡宇打量身處的空間，數千呎見方，左邊正中處有一條通道，不知通往哪裏，心中暗暗叫苦，沒有了樹木的屏障，教他怎樣繼續旅程，去與「獨一的彼」會合。況且只要他一跳往水裏，怕立時給那些機械手活活抓死。

他走過通道。立時愕然，這是一個更龐大的空間，足有上千方米，呈長形，高度達二十多米，是個大堂。

大堂的兩旁放滿各式各樣的機械物，用與半圓形物體的同一物質造成，不過看來所有機械都向殘破和朽壞的方向發展。它們並非整齊地排列，而是東歪西倒，殘件散佈地上。

大堂的右方有一道門戶，門戶高十呎寬六呎，若照這比例，居於此的生物體積一定相當龐大。

門忽漸向上升起，沉重的腳步和喘息聲從門內傳來，一股異味瀰漫在整個空間內。

凌渡宇一生人從未試過這樣緊張，尤其是現在赤身裸體，更不宜以這個野獸面貌去會見「外人」。

他一下子縮回剛才的走廊內，待要退回把樹木轉化為熱能的地方時，發現了廊道旁有個一方米大小的方孔，熱氣從內裏透出來。

凌渡宇估計這應是熱能流通的氣口，照理應該可以到達建築物內每一個空間，心中一動，爬了進去。

他在通氣道摸索前行，建成這建築物的物質非常奇怪，放射出一種銀光，把附近照個通明。

每逢有出口的地方，他總爬過去一看，不過見到的一是空無一物的房間，一是堆滿奇形怪狀機械的處所，像個廢物堆，不是他心中要找尋的地方。

最後凌渡宇爬上一道斜上的氣道，氣道盡處是個出口。

凌渡宇探頭一看，幾乎興奮得跳了起來，急忙爬了出去，眼前是一塊十米寬、八米高的儀器板，難以形容的光色不斷閃動，板上有一束束幼小的線，樹藤般在板上遊走。凌渡宇終於來到控制整個操作的神經中樞。

凌渡宇撲上前去，拚命扯斷板上的幼線，彩色繽紛的電光隨着斷線冒了出來，原先儀器板上流動的美麗色光不斷減少。

「嘭！」一整塊儀器板冒起了強光，大力把淩渡宇拋開，背脊撞在牆壁上，肉體雖然疼痛，心中卻是歡喜無限，因為他知道，終於破壞了這遠比人類進步的操作系統。

異味湧進鼻內，接着是野狼般的喘息聲和腳步聲。

淩渡宇跳了起來，縮回通氣道內，拚命向前爬，爬……

他從最初入口處爬出來，全力往底部的出口奔去。

喘息聲和腳步聲從身後追來。

出口在望。

淩渡宇狂奔到出口處，想也不想，一跳而起，直插往十多米下奔流的河水裏，圓形物體底部的百多隻機械手全部軟垂下來，停止了操作。

淩渡宇在溫熱的河水中暢泳，很快便把圓形物體拋在背後。

他死命往前游，他感到愈來愈接近「獨一的彼」，時間失去了意義，他用盡全力在河水中前進，沒有任何其他生物，只有他。

忽然間，河水沒有了。

他已到了血脈的盡頭，「獨一的彼」棲息的空間。

他發覺自己來到廣闊無邊的草原上，抬頭上望時，天空灑下銀白和青白的奇異光芒，皎潔的月亮高掛天上，明亮有如黃昏的夕照。

難道我已重回地面？

低頭望地，腳下嫩綠的小草，像柔軟的地毯延伸無盡。

眼前忽地爆閃着奇異迷人的色彩，色彩逐漸凝聚，最後現出了穿着雪白長袍的蘭特納聖者。

凌渡宇一陣激動，向聖者跑過去，一下子穿過了聖者的身體。

凌渡宇愕然回首，聖者沒有實質的影像，在身後栩栩如生，但他卻清楚知道聖者的肉身已死了，現在只是能量的凝聚，造成一個虛假的幻象。

即管是幻象，在這裏見到聖者，便像見到故鄉來的親人那樣令人激動。

月亮孤懸在深黑的夜空中，又圓又遠。

凌渡宇道：「這是甚麼地方？『彼一』在哪裏？這是甚麼一回事？」一到最後那個問話，他是聲嘶力竭地叫出來，胸口不斷強烈地起伏。

蘭特納聖者微笑道：「你眼前看到的是『彼一』從祂記憶細胞釋放出來的記憶影像，那是三千多年前的一個晚上，地點是印度河旁的摩亨佐達羅城，那天晚上，『彼一』正要啓程離開地球時，最致命的事發生在祂的身上。

凌渡宇呆了起來，細細地察看眼前的原野、起伏的丘陵和天上的穹蒼，但他知道這只是一種幻象，「彼一」讓他看到的幻象，一種「三度空間的立體電影」，「彼一」既然有這種驚人的神力，還有甚麼可予祂致命的打擊？

蘭特納聖者道：「要說明那次意外，不得不從『彼一』說起，祂是宇宙內最偉大的生命之一，這不單是說祂偉大無可匹敵的力量，尤其是指祂『自我犧牲』的感人心胸。」

淩渡宇呆道：「自我犧牲？」

蘭特納聖者道：「『彼一』在這宇宙已存在了以億計的悠久年月，在這段人類不能想像的歲月裏，祂不斷沉思和搜探，終於感知到在這宇宙的至深處，存在着一個地方，那將是所有這宇宙內生物進化的最極盡處，只有在那裏，生命才能有真正的自由。」

淩渡宇只覺腦中一片空白，人類實在太渺小了，這類事情完全超出了他們的思域，欲想無從。

蘭特納聖者道：「於是『彼一』決定啟程前往那還未有任何生物到達的地方去，祂同時也作出了另一個決定，一個令祂致命的決定。

「祂覺得自己不能獨享其成，於是決心在這個無岸無涯的宇宙裏，找尋其他有靈智的生物，讓他們在祂的保護下，一同前往該神聖的處所……」

凌渡宇喃喃道：「那究竟是甚麼處所？」

「彼一」這個做法，便像為躲避洪水的諾亞，建成了巨大的方舟，把世上的動物各選一對，使能共乘一舟，避過危難。當然，「彼一」是要赴某一地方，使所有生命同時得到「真正的自由」，那自是不可同日而語。

蘭特納聖者道：「我也曾向『彼一』問過同樣的問題，祂說那不是人類可以明白的事，若強要加一個名稱，便說那地方叫作『彼岸』吧！」

凌渡宇感到雙腿一陣軟弱，他逐漸有點明白那是甚麼意思。佛教所提倡的「苦海無邊，回頭是岸」，正是述說着只有在「彼岸」處，才能有真正的解脱和自由，可是佛教說的卻是一種精神境界，而非一種實質的地方。

蘭特納聖者看穿了他的思想，微笑道：「『彼岸』並非某一處『地方』，而是要『彼一』以巨大無匹的神力，打破時空的限制，貫穿無數宇宙才能到達的一個『境地』和存在『層次』。

「於是『彼一』化身作一艘廣大無匹的宇宙飛船，以祂的肉身，作為飛船的外殼，以祂的血脈作為河流，把揀選到的生命，收進了祂的身體內，以祂強大的異力，製造出每種生命都能安居的環境，在宇宙中作那無有盡極的飛行。他的血脈，在長期食用下，可使其他生命進入永生不死的境界，以應付長時期的跨宇宙時空飛行。」

凌渡宇目瞪口呆，他終於明白了。

他正在彼一的身體內。

由升降機掉進來後，他一直在「彼一」的身體內掙扎求存，直到來到這裏，這是「彼一」仍能控制的身體部份。

那天祂說「你現在在我身體內遙不可及的地方」、「你現在是在我的血脈內流動」、「血液盡處便是我還能保持未死的地方了」。他豁然而悟，同時暗恨自己的愚蠢。不過這也難怪他，人類太習慣自己的經驗，在他們的世界裏，所有交通工具都是製造出來的，哪能想到宇宙間居然有這種靈異的生命，把自身化作能飛航的宇宙飛船，而且是這樣的龐然巨物。

所以那條大河就是祂的血液，銀光閃閃的物質就是祂的肉體。

可是目下血液內滿佈邪惡的生物，肉體亦朽爛腐敗。

蘭特納聖者續道：「經過了千百光年的旅程，祂的身體內聚居了數百種不同的生物。最後祂來到了地球，準備把人類容納後，便開始向『彼岸』進發，祂停到摩亨佐達羅城旁的廣大原野上，通過精神的呼喚，引來了百多名特別靈智的人類，讓他們進入祂身體內，就像那天從鑽井掉下來，祂把自己的身體旋開了一個洞，讓升降機掉進去一樣，分別只是那時人類進入祂身體後，看到的是天堂，我們現在看到的，卻是地獄。

「當『彼一』化成的飛船起飛時，聚居祂身體內其中最進步的幾種生物，發生了最激烈的戰爭，那是比人類核戰還要厲害千百倍的戰鬥，運用了『反物質』的驚人武器，即管以『彼一』的力量還是受不了，祂部份肉身，灑落在大地，部份的血液流進了恆河，造成恆河河水能療治人的奇異力量。可是『彼一』還是想力挽狂瀾，祂利用祂的奇異力量把土地破開，又再縫合，毫無痕跡地潛進了地底的深處，希望那些戰爭中的生物能認識到武力只是一同走上滅亡之途的愚蠢，停止下來，讓祂能把自己復原過來，繼續最後一段的旅程。」

凌渡宇深深地嘆了一口氣，「彼一」失敗了，戰爭還是繼續下去，那可能也是地震的原因。外星生物的奇異武器，把「彼一」的身體徹底破壞，生物逐漸死亡，一個一個的城市被廢棄，一些生物更退化為在水裏擇物而噬的生物，理性全無。本來守衛着通往此處那半圓形建築，大部份機器都荒棄毀壞，那未能有一面之緣的生物，亦在腐爛死亡。

這可能也是人類的寫照，我們不斷破壞自己的自然環境，異日也可能是同歸於盡的局面。

凌渡宇道：「你是怎樣發現到『彼一』的存在？」

蘭特納聖者道：「不止是我，自從三千多年前『彼一』潛進地底裏，便不斷有具有靈智的人探觸到祂的存在，當人進入一種高於日常的精神層次時，會感應到祂的精神頻率，感到祂遠高於人類的廣闊意識，於是，我們稱這意識存在為『彼一』。這解釋了印度為何會有如此超然的宗教哲學，通過祂，我們也知道了『彼岸』的存在，那是所有生命獲得真正『自由』的地方，只是沒有人知道『彼一』在哪裏。」

凌渡宇道：「除了你吧！」

聖者微笑道：「我從十五年前，在一個偶然的機會下，和祂建立起了心靈傳感。知道了一切的情況，也知道祂要走了，肉身的死亡，使祂不得不放棄祂偉大的構想，孤身以純能量的精神形式，往『彼岸』進發。」

凌渡宇駭然道：「那祂身體內的生物呢？還有很多人呀！」

聖者嘆了一口氣，道：「他們將會同時死亡，整艘『飛船』將會發生分子轉化，所有生命會立時毀滅，變成一種類似岩石的物質，一點痕跡也不會留下來。」

凌渡宇呻吟一聲，道：「那我們怎麼辦？」

聖者道：「彼一將會把我帶往『彼岸』，就像他最初的構想，不過那是一種純粹精神能量的旅航。」

凌渡宇困惑地道：「那你是否死了？」

聖者道：「以人類的角度來說，我的確是死了，多年的修行使我死後靈能凝聚而不散，藉着附在你這麼一個有強大心靈力量的人身上，一齊抵達『彼一』，當升降機掉下時，『彼一』透支了祂的力量，使祂身體一個早不能控制的死去部份，開了一個小孔讓你掉了進船腹內，靈能聚而不散的時間極短，所以我當時唯一能做的事就是進入洞穴內其中一個人的神經內，搶救了你進洞，之後我便進入祂的血脈，來到這裏。」

凌渡宇道：「我是否也會隨着『彼一』的肉身一齊死去？」

聖者道：「幸好你能在那發生之前，來到這裏。當『彼一』拋棄肉身的剎那時，會釋放出龐大的能量，可以同時把你送回地面。」

凌渡宇呆道：「那其他的生命呢？」

聖者道：「彼一是宇宙間最仁愛的生物，但是現在祂的能力只能局限於這少許的空間內，其他的地方，祂是有心無力了。不過在祂來說，沒有生命是會被毀去的。」

凌渡宇還想再說，天地旋轉起來，色光變滅。

下一刻他發覺浸在水裏，感到非常氣悶，連忙向水面升去。

「嘩啦！」

升出了水面，他看到普照的陽光，看到岸上的人車、碼頭，看到印度人在沐浴。

彼一把他送到在瓦拉納西的一段聖河裏去。

以赤身裸體的他來說，沒有更適合的地方了。

後記

凌渡宇來到營地時，沈翎等仍在清理鑽井，準備下去救他，雖然他跌進鑽井內已是三天前的事。

王子的犯罪集團冰消瓦解，雲絲蘭達到她的夢想，過着自由自在的生活。

艾理斯在地震時給塌下的鑽油架壓斃，免去了被憤怒印度教徒活活打死之禍。

沈翎對於未能進入「彼一」的身體內，經歷凌渡宇經歷的異事，耿耿於懷，不過他也有值得開心的地方，就是說過不嫁人的海藍娜，答應了他的婚事。

印度人嫁女最重嫁妝，富有人家尤甚，海藍娜的嫁妝卻很奇怪，只有一隻紙牌：是隻葵扇A。

那也是當日沈翎未翻開來的底牌。

黃易

經典・玄幻系列

①月魔
②上帝之謎
③光神
④湖祭
⑤獸性回歸
⑥超腦
⑦聖女
⑧異靈
⑨浮沉之主
⑩爾國臨格